Louise Cooper

Der Fluch der Meerjungfrauen

Das magische Tor

Für Cas, meinen Mann, weil er mir bei einigen seemännischen Ausdrücken geholfen hat … und noch aus vielen anderen Gründen mehr

Louise Cooper (1952 - 2009) wurde in England geboren und schrieb schon als Schulmädchen sehr gern Geschichten. Ihr erster Fantasy-Roman »The Book of Paradox« erschien 1973, als sie gerade zwanzig Jahre alt war. Louise Cooper hat mehr als sechzig Bücher für Kinder und Erwachsene veröffentlicht.

Louise Cooper

Der Fluch der Meerjungfrauen

Das magische Tor

Aus dem Englischen von Anne Braun

Klopp · Hamburg

In der Reihe *Der Fluch der Meerjungfrauen* von Louise Cooper sind erschienen:

Der silberne Delfin
Der geheimnisvolle Schatz
Das magische Tor
Die schwarze Perle

FSC
Mix
Produktgruppe aus vorbildlich bewirtschafteten Wäldern und Recyclingholz oder - fasern

Zert.-Nr. SGS-COC-003091
www.fsc.org

Die Originalausgabe erschien unter dem Titel
»Mermaid Curse – The Rainbow Pool«
First published by Puffin Books,
part of Penguin Books Ltd. UK, 2008
Aus dem Englischen von Anne Braun
Einband von Zdenko Bašić
Druck und Bindung: Bercker Graphischer Betrieb, Kevelaer
Printed in Germany 2010
ISBN 978-3-7817-0342-1

www.klopp-buecher.de

Prolog

Die Meerjungfrau musterte Kes. Sie lächelte. Schwarze, dunkelblau schimmernde Haare fielen ihr bis weit über die Schultern und ihre Augen glitzerten smaragdgrün. Sie war wunderschön, doch ihr Gesicht wirkte grausam und gemein. Auf dem Kopf trug sie ein goldenes Diadem, das mit sieben Perlen verziert war.

»Was ist?«, fragte sie. »Hast du uns nichts zu sagen?« Sie beugte sich vor und ihr kühler Blick ließ Kes frösteln. *»Weißt du, wer ich bin?«*

Oh ja, das wusste Kes. Zitternd suchte er nach Worten. »Ihr seid … Königin Taran …« Dann nahm er all seinen Mut zusammen und fragte: »Wo ist meine Mutter? Was habt Ihr mit ihr gemacht?«

»Ihr geht es im Moment ganz gut«, antwortete Taran ruhig. Doch dann veränderte sich ihr Gesichtsausdruck. »Wenn du aber Wert darauf legst, dass das so bleibt, musst du mir gehorchen und all meine Fragen wahrheitsgemäß beantworten. Hast du verstanden?«

Kes schluckte und nickte.

»Gut, dann sag mir, ob du weißt, warum ich dich hierher bringen ließ.«

Kes schüttelte den Kopf. »Nein … Majestät.«

»Es ist ganz einfach.« Ohne Vorwarnung packte Taran ihn am Arm. Kes zuckte zusammen, denn sie war erstaunlich stark. Drohend sah sie ihn an, und ihre vorhin noch liebliche Stimme klang plötzlich wie Gift, als sie zischte: *»Ich will die silberne Perle haben!«*

Kes begann vor Angst zu zittern. »D-d-die silberne Perle …?«, wiederholte er.

»Ja! Deine Schwester trägt sie in ihrem Medaillon mit sich herum. Du hast die Perle schon gesehen, stimmt's?«

»Nein, Majestät …«

»Lüg mich nicht an! *Ich weiß es genau!*« Tarans Stimme wurde schrill, doch sie riss sich rasch wieder zusammen. »Ich werde die silberne Perle bekommen, Kesson. Und du wirst mir dabei helfen! Bis dahin bleibt deine Mutter hier, als mein … *Gast.*«

Die Art, wie sie das Wort *Gast* aussprach, ließ Kes frösteln. »Und du wirst in der Zwischenzeit etwas für mich tun. Wenn du ein braver Junge bist und alles zu meiner Zufriedenheit erledigst, kommt Morvyr frei. Andernfalls …« Sie lachte hämisch. »Nun ja, sagen wir einfach, dass deine Mutter es büßen müsste.«

Es kostete Kes große Überwindung, äußerlich ruhig zu fragen: »Und was muss ich tun?«

»Geh an Land und sag deiner Schwester, dass eure Mutter meine Gefangene ist und ich sie nur freilasse, wenn ich die silberne Perle bekomme. Du und deine Schwester – ihr müsst sie mir bringen.«

Kes sah die Königin trotzig an: »Und was ist, wenn sie die Perle nicht hergeben will?«

»Dann musst du sie überreden. Denn andernfalls werdet ihr eure Mutter nie wiedersehen. Und ihr wollt sie doch wiedersehen, *oder*?«

1. Kapitel

»Beeil dich, Rose, sonst kommen wir zu spät!« Lizzy Baxter stand schon vor der Haustür und wippte vor Aufregung auf der Stelle. Ihre kurzen blonden Haare wippten mit und die wirren Locken glänzten in der frühen Morgensonne.

»Ich komm ja schon!« Die Antwort endete mit einem ausgiebigen Gähnen und Lizzys fünfzehnjährige Schwester tauchte in der Haustür auf. »Sei nicht so laut! Mum und Dad schlafen noch.« Sie blinzelte in das helle Morgenlicht und wollte sich schon die Augen reiben, als ihr plötzlich einfiel, dass sie sich vorhin geschminkt hatte. »Wer hatte eigentlich die bescheuerte Idee, so schrecklich früh aufzustehen?«

»Du wolltest dem Boot genauso gern nachwinken wie ich«, rief Lizzy ihr in Erinnerung.

»Stimmt, aber ich hätte es mir wahrscheinlich wieder anders überlegt, wenn du mich nicht gedrängt hättest.« Rose gähnte noch ein zweites Mal, doch dann legte sich ihre morgendliche schlechte Laune, und sie lächelte: »Na schön, gehen wir! Wenigstens regnet es nicht.«

Die beiden Mädchen gingen zusammen die Straße hinunter, die zum Hafen des Fischerstädtchens in Cornwall führte. »Seit wir hierher gezogen sind, hat es kaum geregnet«, sagte Lizzy. »Wir hatten den ganzen Sommer über herrliches Wetter, abgesehen von dem Sturm neulich.«

»Stimmt, der war zum Fürchten.« Rose warf ihr einen kurzen Seitenblick zu. »Sag mal, warum bist du eigentlich so wild darauf, mitzukommen? Du kennst Mr Treleaven doch kaum. Was ist für dich so spannend daran, sich von ihm und Paul zu verabschieden, nur weil sie für zwei oder drei Tage zum Fischen rausfahren?«

Lizzy beobachtete den Kioskbesitzer, der seinen Zeitungsständer auf den Gehsteig rollte, und tat so, als hätte sie nichts gehört. Natürlich gab es einen

Grund dafür, warum sie zum Hafen wollte. Es war sogar ein sehr triftiger Grund, doch den konnte sie Rose nicht verraten. Dieser Grund hatte nichts mit Mr Treleaven zu tun und auch nichts mit dessen Sohn Paul, mit dem Rose seit einiger Zeit befreundet war. Auf dem Fischkutter würde noch jemand sein. Und dieser Jemand war für Lizzy sehr wichtig.

Es war noch keinen Monat her, seit die Baxters nach Cornwall gezogen waren, und Lizzy konnte es kaum fassen, wie viel sich in diesen paar Wochen in ihrem Leben ereignet hatte. Sie und Rose waren beide adoptiert worden, weil Mr und Mrs Baxter keine eigenen Kinder bekommen konnten. Und während Rose wusste, wer ihre leiblichen Eltern waren, war Lizzys Herkunft ein großes Geheimnis. Sie war als Baby gefunden worden und hatte bis vor Kurzem keine Ahnung gehabt, wer ihre leiblichen Eltern waren.

Doch dann, wenige Tage nachdem sie mit ihrer Familie hierher gezogen war, hatte sie einen Jungen namens Kes getroffen und eine verblüffende Entdeckung gemacht. Bei einer Bootsfahrt war ihr Perlmuttamulett ins Wasser gefallen, das einzige Bindeglied zu ihrer unbekannten Herkunft. Sie war untröstlich gewesen und hatte den ganzen Strand abgesucht, obwohl sie kaum Hoffnung hatte, dass es von den Wellen an Land gespült worden war. Und plötzlich hatte Kes vor ihr gestanden und ihr Amulett in der Hand gehabt. Er hatte erraten, dass es Lizzy gehörte, weil im Inneren eine Locke lag, die genau denselben Blondton hatte wie Lizzys Haare. Die Haarfarbe verriet ihm noch etwas: dass sie seine seit Langem verschollene Zwillingsschwester war.

Das allein hätte schon ausgereicht, um Lizzys Leben völlig auf den Kopf zu stellen. Doch das war noch nicht alles. Denn Kes war kein normaler Junge. Seine Mutter hieß Morvyr, was »Tochter des Meeres« bedeutete – und Morvyr war eine Meerjungfrau!

Anfangs hatte sich Lizzy schlichtweg geweigert, es zu glauben. Es gab keine Meerjungfrauen – trotz ihrer lebhaften Fantasie glaubte sie schon lange nicht mehr an solche Ammenmärchen. Doch dann hatte Kes ihr auf sehr aufregende Weise bewiesen, dass er die Wahrheit sagte: Er nahm Lizzy mit ins Meer, wo sie feststellte, dass sie unter Wasser genauso gut atmen konnte wie an Land. Das Ganze war völlig verrückt, absolut unmöglich ... und doch wahr. Sie war die Tochter einer Meerjungfrau. Und als Lizzy Morvyr kennenlernte, ihr Gesicht sah und ihre Haare, die genau denselben blassen Goldton hatten wie ihre eigenen, hatte sie keinen Zweifel mehr.

Rose ging etwas schneller, weil sie plötzlich befürchtete, eventuell zu spät zu kommen, und Lizzy musste rennen, um mit ihr Schritt zu halten. In Gedanken war sie bei der dritten Person, die heute Morgen auf Mr Treleavens Kutter hinausfahren würde, und ihr Herz hüpfte vor Freude bei dem Gedanken, dass sie ihn gleich wiedersehen würde. Sein Name war Jack Carrick – und er war ihr leiblicher Vater!

Jack Carrick war hier geboren und aufgewachsen. Er war Fischer und hatte, genau wie Lizzy, nie an Meerjungfrauen geglaubt. Doch dann, vor vielen Jahren, war er mit seinem Boot in einen Sturm geraten. Hätte Morvyr es nicht gesehen und ihn aus dem Wasser gezogen, wäre er ertrunken. Sie verliebten sich ineinander und heirateten mit einer Meerjungfrauen-Zeremonie. Doch da Jack ein Mensch war, konnte er natürlich nicht wie Morvyr im Wasser leben. Da hatte Kara, die frühere Königin des Meervolks, ihnen geholfen. Dank ihrer Zauberkräfte bewirkte sie, dass Jack immer wieder für eine gewisse Zeit unter Wasser leben konnte. Darüber waren Morvyr und Jack überglücklich gewesen … und hatten Zwillinge bekommen. Doch leider war Lizzy kurz nach ihrer Geburt entführt worden. In dem Glauben, jemand hätte sie in ein weit entferntes Land gebracht, machte sich Jack auf die Suche. Elf volle Jahre ließ er nichts von sich hören. Morvyr hatte schon befürchtet, er wäre tot. Doch dann war Jack letzte Woche zurückgekehrt – und Lizzy konnte ihren leiblichen Vater endlich kennenlernen.

Roses Stimme riss sie aus ihren Gedanken. »Was ist los mit dir? Du siehst aus, als hättest du in eine Zitrone gebissen!«

Lizzy merkte, dass ihr Gesicht offenbar verraten hatte, dass sie angestrengt nachdachte, und sie machte schnell ein fröhliches Gesicht. »Entschuldige«, sagte sie. »Ich musste nur etwas zwischen den Zähnen herauspulen.«

»Igitt! Bitte keine Details!«, rief Rose angewidert. Die beiden Mädchen waren inzwischen am

Fuß des Hügels angekommen und das Dock mit den Kais, Lagerhallen und dem überdachten Fischmarkt lag vor ihnen. »Oh, da ist Mr Carrick!«, sagte Rose und streckte einen Arm aus. »Schau – dort auf der Hafenmauer! Beeil dich, sonst kommen wir zu spät!«

Lizzy hatte Herzklopfen, doch sie bemühte sich, sich ihre Aufregung nicht anmerken zu lassen. Sie und Jack hatten ausgemacht, ihr Geheimnis für sich zu behalten. Das fiel Lizzy nicht leicht, denn sie hätte es gern jedem erzählt und Jack »Dad« genannt. Aber wie hätte sie es ihren Adoptiveltern, den Baxters, erklären können? Dieser Gedanke war so schrecklich, dass sie ihn schnell wieder fallen ließ. Was würden sie empfinden, wenn sie die Wahrheit wüssten? Die Baxters waren die einzigen Eltern, die Lizzy bisher gekannt hatte, und sie liebte sie von ganzem Herzen. Es wäre sicher schlimm für sie, wenn Lizzy ihnen verkündete, sie hätte ihren leiblichen Vater gefunden, der zufällig auch in dieser Stadt lebte. Und was Morvyr betraf … jemandem zu erzählen, wer ihre leibliche Mutter war, war schlichtweg unmöglich. Deshalb musste Lizzy so tun, als wäre Jack nur ein Bekannter. Zum

Glück wohnte er bei den Treleavens, mit denen er seit seiner Kindheit befreundet war, und deshalb würde sich kein Mensch wundern, wenn er sah, dass er und Lizzy sich unterhielten. Doch tief in ihrem Innersten wusste Lizzy, dass es nicht ewig so weitergehen konnte.

Die Mädchen rannten zum Hafen und dann weiter zum Kai. Jack Carrick hatte sie gesehen und wartete, bis sie bei ihm waren.

»Morgen, Rose, du Frühaufsteherin!« Dann wandte er sich an Lizzy: »Hallo, Lizzy.« Seine Augen leuchteten. »Seid ihr gekommen, um euch von uns zu verabschieden? Das ist aber schön.«

Zu dritt gingen sie weiter bis zum Fischkutter, auf dem Mr Treleaven und Paul die letzten Vorbereitungen trafen, ehe sie in See stechen würden. Ihr Trawler hieß *Regard* und war so klein, dass zwei Mann an Bord ausgereicht hätten, aber Jack wollte unbedingt mitkommen zum Fischen. »Das erinnert mich an die guten alten Zeiten«, hatte er am Vortag zu Lizzy gesagt.

Paul mühte sich gerade mit Fischereigeräten und Taurollen ab, sprang bei ihrem Anblick aber sofort an Land, um Rose zu begrüßen. »Cool, du hast es echt geschafft«, sagte er und grinste. »Ich dachte, du liegst um diese Zeit noch im Bett.«

»Das würde ich vermutlich auch tun, wenn Lizzy mich nicht so genervt hätte. Sie war ganz wild darauf, mitzukommen.« Rose redete aufgeregt auf Paul ein, und Lizzy nutzte die Gelegenheit, um ein paar Worte mit Jack zu wechseln. Sie musste ihn unbedingt unter vier Augen sprechen, und das war vermutlich ihre einzige Chance, bevor die *Regard* ablegte. Leise fragte sie ihn: »Hat Arhans sich schon blicken lassen?«

Jack schüttelte den Kopf. »Nein, noch nicht. Aber wenn es etwas Neues gäbe, wäre sie bestimmt gekommen.«

Lizzy nickte. »Das ist das Schlimmste, dieses Warten. Ich wünschte, ich könnte etwas *tun*.«

»Ich auch. Deshalb freue ich mich so auf diese Fahrt. Dann bin ich etwas abgelenkt.« Er lächelte sie an. »Du solltest dich auch irgendwie ablenken.«

»Ich weiß. Ich werde mich bemühen.« Nachdem Lizzy sich vergewissert hatte, dass niemand herschaute, griff sie nach seiner Hand und drückte sie kurz. »Aber ich freue mich trotzdem schon darauf, dass du bald zurück bist.«

Mr Treleaven rief Paul mit einem breiten Grinsen zu, er solle sich von Rose losreißen und wieder an Bord kommen. Nachdem sich alle voneinander verabschiedet hatten, wurde der Bootsmotor angeworfen, die Verankerungsseile wurden losgebunden, und die *Regard* schob sich von ihrem Liegeplatz. Die Schiffsschraube begann sich zu drehen und sie fuhren hinaus aufs offene Meer.

Rose winkte Paul so lange nach, bis er nur noch eine winzige Gestalt an Deck war. Lizzy winkte ebenfalls lange, obwohl Jack so vernünftig war, nur einmal kurz zurückzuwinken. Die *Regard* glitt zwischen den dicken Hafenmauern entlang und bewegte sich dann auf die Mount's Bay zu. Ein zweiter, größerer Fischkutter folgte in ihrem Kielwasser, zwei weitere waren dabei, abzulegen.

Rose wandte sich ab und seufzte. »Na gut«, sagte sie. »Jetzt, wo Paul weg ist, kann ich ja mal in Ruhe zum Shoppen nach Penzance fahren. Falls ich noch etwas Taschengeld übrig habe, was wahrscheinlich nicht der Fall ist. Lizzy? Kommst du?«

Lizzy antwortete nicht. Sie starrte auf eine Stelle im Hafen, jenseits des Docks. Dort bewegte sich etwas, direkt unter der Wasseroberfläche.

»Was ist?«, fragte Rose. »Was hast du … oh, wow!«

Ein Delfin war aufgetaucht. Er flitzte auf den Kai zu und seine Rückenflosse bildete eine kleine Bugwelle. Rose beobachtete ihn entzückt, bis sie plötzlich merkte, dass Lizzy über die Kaimauer rannte … direkt auf das Tier zu.

»Lizzy, nicht! Du verjagst ihn nur!«, rief sie. Doch Lizzy hörte nicht auf sie. Am Ende des Kais angekommen, ging sie in die Hocke – und zu Roses Verblüffung schwamm der Delfin direkt auf sie zu. Er richtete sich auf, bis er mit dem Oberkörper senkrecht aus dem Wasser ragte, und gab diese merkwürdigen, typischen Delfingeräusche von sich, eine Mischung aus Schnattern und Pfeifen.

»Wow!«, sagte Rose ein zweites Mal. Es musste ein zahmer Delfin sein – und das konnte sie sich auf keinen Fall entgehen lassen. Sie begann zu laufen, wurde dann aber wieder langsamer, weil sie befürchtete, dass zwei Menschen vielleicht zu viel für den Delfin waren. Sie konnte sehen, wie Lizzy sich weit vorbeugte, und glaubte sogar zu hören, dass Lizzy etwas rief, das wie »Arhans, Arhans« klang. Was um alles in der Welt konnte das bedeuten?

Rose wusste nicht, dass Arhans der Name des Delfins war – und dass Arhans und Lizzy sich gut kannten. Lizzy hatte Arhans an dem auffälligen silbernen Streifen auf dem Rücken erkannt. In ihrer Aufregung und Freude über Arhans' Auftauchen hatte sie Rose ganz vergessen.

»Gibt es etwas Neues?«, fragte sie außer Atem. »Wie geht es Kes und Morvyr? Hast du sie gesehen?«

Arhans gab weitere Schnatterlaute von sich, was Lizzy aber nur frustrierte. Die Delfine verstanden die menschliche Sprache, während sie selbst erst damit begonnen hatte, die Delfinsprache zu lernen. Das Meervolk konnte mit den Delfinen kommunizieren und Jack ebenfalls. Doch was immer Arhans ihr gerade so aufgeregt mitteilen wollte – Lizzy verstand leider kein Wort.

Da hörte sie Schritte hinter sich und fuhr herum. Rose stand nur wenige Meter hinter ihr.

»Arhans!«, zischte sie dem Delfin zu. »Ich kann hier nicht reden! Der Leuchtturm … Treffen wir uns am Leuchtturm!«

»Ist er nicht *wunderschön*?«, sagte Rose begeistert und betrachtete Arhans mit leuchtenden Augen. »Sag mal, Lizzy, redest du etwa mit ihm? Was hast du … oh!« Arhans hatte sich ins Wasser zurückfallen lassen, eine Kehrtwendung gemacht, mit der Schwanzflosse geschnippt und war auch schon verschwunden. Nur ein Kräuseln auf der Wasseroberfläche verriet, dass sie überhaupt hier gewesen war. »Er ist weg!« Die Enttäuschung in Roses Stimme war unüberhörbar. »Dabei hab ich ihn nicht mal richtig gesehen!«

»Du hast sie bestimmt erschreckt«, sagte Lizzy. Ihre Stimme klang etwas merkwürdig, und Rose fragte: »Wieso ›sie‹? Woher willst du wissen, dass es ein Weibchen war? Und was um alles in der Welt hast du zu ihm gesagt? Dieses komische Wort … ›Arhans‹ oder so. Was bedeutet es?«

»Keine Ahnung, was du meinst«, entgegnete Lizzy schnippisch und wich ihrem Blick aus. »Jetzt ist er jedenfalls weg.«

»Stimmt, aber wenn wir eine Weile warten, taucht er vielleicht wieder auf.«

»Du kannst ja warten, wenn du willst«, meinte Lizzy achselzuckend. »Ich gehe!«

»Lizzy, warte! *Lizzy!*«

Aber Lizzy rannte bereits davon. Im ersten Moment wollte Rose ihr nachlaufen, doch dann überlegte sie es sich anders. *Das ist sicher nur wieder eine von Lizzys komischen Anwandlungen*, sagte sie sich. Lizzy war in letzter Zeit sowieso etwas seltsam. Rose hatte allerdings keine Ahnung, was mit Lizzy los war, und Lizzy wollte es ihr nicht verraten. *Okay*, dachte sie, *wenn sie unbedingt so komisch sein will, dann soll sie doch!*

Rose vergrub die Hände in den Taschen ihrer Jeans und starrte angestrengt aufs Wasser. Wer weiß, vielleicht kam der Delfin ja wieder!

2. Kapitel

Der kleine, automatische Leuchtturm, an dem Lizzy Arhans treffen wollte, stand auf einer flachen Landzunge, die sich zwischen dem Hafen und dem Strand am anderen Ende der Stadt ins Meer schob. Lizzy rannte den ganzen Weg. Hoffentlich würde Arhans kommen! Sie hatte zwar nicht verstanden, was der Delfin versucht hatte, ihr zu sagen, aber sie war sich sicher, dass er Neuigkeiten hatte. Hoffentlich von Kes und Morvyr, denn Lizzy hatte ihre Mutter und ihren Bruder seit Tagen nicht mehr gesehen. Die beiden hatten ein großes Problem – und die Ursache dieses Problems war Taran, die Königin des Meervolks. Taran war nämlich davon überzeugt, dass Morvyr etwas besaß, das sie unbedingt haben wollte, und deshalb hatte sie den Befehl gegeben, Morvyr und Kes gefangen zu nehmen. Zum Glück hatten die Delfine davon erfahren und die beiden rechtzeitig gewarnt, sodass sie sich in ein Versteck zurückziehen konnten. Aber seither hatte Lizzy nichts mehr von ihnen gehört …

Als sie oben auf dem Klippenpfad ankam, war sie froh, dass niemand in der Nähe war. Es war noch nicht einmal sieben Uhr und um diese Zeit waren noch keine der üblichen August-Urlauber und auch keine Einheimischen mit ihrem Hund unterwegs. Der Wind blies ihr die Haare aus dem Gesicht, als sie neben dem unten weiß gestrichenen Leuchtturm stehen blieb. In der Bucht zu ihren Füßen konnte sie auslaufende Fischerboote sehen, doch sie waren zu weit weg, um erkennen zu können, welches die *Regard* war. In der Ferne kreischten Möwen, die Sonne strahlte von einem fast wolkenlosen Himmel – abgesehen von den paar rosafarbenen Wölkchen am Horizont.

Sobald sich ihre Atmung wieder normalisiert hatte, ging Lizzy noch ein Stück weiter auf die Klippe zu, die fast senkrecht ins Meer abfiel. Lizzy schaute nach unten zu den Wellen, die schäumend und brausend an den Fuß der Klippe donnerten. Zuerst dachte sie, sonst sei dort unten nichts zu sehen. Doch dann war dicht unter der Wasseroberfläche etwas Dunkles zu erkennen. Weil sie dachte, es sei Arhans, fiel Lizzy aus allen Wolken, als kein Delfin, sondern ein Junge mit pechschwarzen Haaren auftauchte, dessen Augen genauso tiefblau waren wie ihre eigenen.

»Kes!«, rief sie erfreut.

Kes schwamm an den Fuß der Klippe, verwandelte sich von einem Meerjungen in einen Menschenjungen und kletterte dann zu ihr hinauf.

Lizzy streckte eine Hand aus, um ihm den letzten, besonders steilen Meter heraufzuhelfen, und er taumelte neben ihr aufs Gras. »Oh, Kes! Ich bin ja so froh, dich zu sehen! Ich habe mir schreckliche Sorgen gemacht! Wie geht es dir?«

Sie strahlte vor Freude und Aufregung, doch sie wurde ernst, als sie Kes' Gesicht sah. »Was ist?«, fragte sie besorgt. »Müsst ihr euch immer noch vor Taran verstecken?«

»Es ist noch schlimmer.« Kes setzte sich ins Gras. Er keuchte vor Anstrengung, als wäre er sehr schnell geschwommen. »Sie hat uns gefangen genommen.«

»Was?! *Gefangen?*«

Er nickte. »Arhans kam in die Höhle, in der wir uns versteckt hatten, und erzählte, Vater sei zurück. Es ist alles meine Schuld, Lizzy! Mutter wollte warten, bis es etwas sicherer wäre, zu ihm zu schwimmen, aber ich habe ihr keine Ruhe gelassen, bis sie mitkam. Wir sind mitten in der Nacht losgeschwommen, weil wir dachten, dann würde uns keiner sehen. Aber dann fielen wir Tullor in die Hände.«

»Oh nein …« Lizzy kannte Tullor – ein widerlicher, scheußlicher Riesenaal, Tarans treuester Untertan. Bei der Erinnerung an ihre Begegnung mit ihm bekam Lizzy eine Gänsehaut.

»Wir konnten uns nicht wehren«, fuhr Kes fort. »Er hatte zwei Riesentintenfische bei sich, die uns mit ihren Tentakeln umschlangen und – uns dann zu Taran schleppten.« Er schloss für einen Moment die Augen. »Ich glaube, das war gestern. Ich war eine Zeit lang bewusstlos – vielleicht hat sie mich auch verzaubert, ich weiß nicht. Ich habe keine Ahnung, wie lange ich bei ihr war.«

»Konntest du fliehen?«

»Nein, Taran ließ mich frei. Sie will etwas haben.

Nur wenn wir es ihr bringen, wird sie Mutter freilassen. Wenn nicht …« Er führte den Satz nicht zu Ende, doch sein Blick sprach Bände.

Lizzy redete nicht lange um den heißen Brei herum: »Sie will die silberne Perle haben, stimmt's?«

»Ja. Woher weißt du das?«

»Vater hat mir alles erzählt. Früher waren insgesamt neun Perlen in Königin Karas Krone. Doch als Taran die Krone gestohlen hat …«

»Ah, sie ist also gar keine rechtmäßige Königin. Sie ist eine *Usurpatorin*! Ich hab's gewusst! Die ganze Zeit schon, obwohl niemand es je aussprach – nicht mal Mutter!«

»Das ist noch nicht alles«, sagte Lizzy. »Es kommt noch schlimmer: Sie ist auch eine Mörderin! Sie hat Königin Kara umgebracht. Doch bei dem Kampf konnte Kara zwei der Perlen aus ihrer Krone lösen. Und bevor sie starb, gab sie diese Perlen Mutter und bat sie, gut darauf aufzupassen.«

Kes' Gesicht verzerrte sich vor Wut. »Taran hat behauptet, Mutter hätte sie gestohlen!«

»So ein Unsinn, natürlich nicht! Mutter hat sie gut versteckt, und weil Taran sie nicht fand, hat sie mich entführt, um Mutter zu erpressen. Dann legte sie eine falsche Fährte, damit Vater weggehen und nach mir suchen würde.«

»Dabei war die silberne Perle die ganze Zeit in deinem Amulett …«

»Ja. Aber weißt du, Kes, es gibt noch eine weitere Perle …«

»Ja, weiß ich, eine schwarze. Die will Taran auch haben. Und wenn sie die schwarze *und* die silberne Perle hat, ist ihre Krone wieder komplett, und ihre Macht kennt keine Grenzen mehr!« Er machte eine kurze Pause. »Vater hat die schwarze Perle, stimmt's? Er hat uns durch Arhans ausrichten lassen, die neunte sei bei ihm in Sicherheit. Damit war die Perle gemeint, oder?«

Lizzy nickte. »Ich habe sie gesehen. Er bewahrt sie in einem anderen Amulett auf, dem Amulett, das er für dich gemacht hat. Als er damals wegging, hat er es mitgenommen, damit es vor Taran sicher war.« Sie öffnete den Reißverschluss ihrer Fleecejacke und holte ihr eigenes Amulett heraus, das sie an einer silbernen Kette um den Hals trug. Es war ein wunderschönes Amulett aus zwei Muscheln, die aufsprangen, als Lizzy nun auf den kleinen Stift drückte. Als sie Kes' erschrockenen Blick sah, sagte sie: »Keine Angst. Die silberne Perle ist im Geheimfach, es besteht keine Gefahr. Ich wollte dir das hier zeigen.«

Im Inneren des Amuletts lag nicht nur eine goldene Locke, die von ihrer Mutter stammte; Lizzy hatte auch einen kleinen Zettel hineingelegt, so klein zusammengefaltet, dass er nicht viel größer als eine Erbse war. Nun faltete sie ihn auseinander und zeigte ihn Kes. »Schau, das ist ein Gedicht. Vater hat es für mich aufgeschrieben.«

Kes starrte auf das Papier und schüttelte dann den Kopf. »Was soll das sein?«

»Das sind Buchstaben«, sagte Lizzy, die plötzlich begriffen hatte, warum Kes so verwirrt aussah. Natürlich! Er war im Meer aufgewachsen und hatte folglich nie eine Schule besucht. Deshalb konnte er mit Buchstaben natürlich nichts anfangen.

Sie lächelte etwas traurig bei dem Gedanken, wie unterschiedlich sie aufgewachsen waren, und sagte: »Vater hat gesagt, die Meerjungfrauen hätten dieses Gedicht gemacht, um nie zu vergessen, dass Tarans Herrschaft nicht ewig andauern kann. Ich lese es dir vor.« Unter Kes' gespanntem Blick trug sie das Gedicht laut vor:

»Rot geht die Sonne auf, orange glänzt der Himmel,
Golden glitzert der Sand.
Grün sind die Tümpel, in denen es vor Fischen wimmelt,
Blau ist das Wasser, das sich wälzt an Land.
Indigoblaue Schatten hüten der Höhlen Geheimnis,
Violett ist der Glanz der Nacht.
Silber und Schwarz aber, das ist gewiss,
werden erneut erstrahlen in all ihrer Pracht.«

Als sie zu Ende gelesen hatte, schwieg Kes zuerst. Dann sagte er: »Es sind die Farben des Regenbogens – und auch die Farben der Perlen in Tarans Krone. Und die Farben der Spiegel in ihrer Grotte …«

»Spiegel?«

»Du hast sie noch nicht gesehen, das kannst du nicht wissen. Sie sind eine Art Eingangstore, durch die Taran an verschiedene Orte gelangen kann. Die letzten Strophen aber … das mit ›Silber und Schwarz aber, das ist gewiss, werden erneut erstrahlen‹ … Kein Wunder, dass Taran diese beiden Perlen unbedingt haben will! Nur dann ist ihre Krone wieder vollständig und somit auch ihre Macht. Sie sind offenbar die wichtigsten Perlen von allen!«

»Und wir haben beide«, sagte Lizzy leise.

Kes pfiff durch die Zähne. »Taran weiß, dass du die silberne Perle hast, aber sie weiß nicht, dass Vater wieder da ist und die schwarze Perle hat. Das darf sie auf keinen Fall erfahren.« Unvermittelt sprang er auf. »Wo ist Vater? Ich will ihn unbedingt sehen! Und ich muss ihm erzählen, was passiert ist.«

»Das geht nicht«, sagte Lizzy bedauernd. »Er ist nicht mehr hier. Er ist vorhin mit Mr Treleaven zum Fischen gefahren. Sie kommen erst morgen oder übermorgen zurück.«

Kes machte ein trauriges Gesicht und Lizzy konnte seine Enttäuschung gut verstehen. Er war sicher genauso gespannt auf seinen Vater, wie sie es gewesen war. Und außerdem musste er ihm dringend erzählen, dass Taran ihre Mutter gefangen hielt.

»Ich könnte ihnen doch nachschwimmen!«, sagte er aufgeregt.

»Das wäre verrückt!«, widersprach Lizzy. »Sie sind sicher schon meilenweit weg. Du bist bestimmt todmüde. Und außerdem«, fügte sie hinzu, »denk auch an Mr Treleaven und Paul! Was würden sie denken, wenn du mitten auf hoher See plötzlich aus dem Wasser auftauchst …«

Kes seufzte. »Ja, stimmt.«

»Ich denke, wir müssen warten, bis Vater zurück ist.«

»Du hast recht. Und in der Zwischenzeit … Hör mal, Lizzy, Mutter würde sicher nicht wollen, dass wir Taran die silberne Perle geben. Aber wenn es die einzige Möglichkeit ist, sie zu retten …«

»Die Perle ist mir egal!«, sagte Lizzy, ohne zu zögern. »Mutters Leben ist das Einzige, was zählt.«

»Wirst du sie Taran geben, wenn es nicht anders geht?«

»Aber natürlich! Was denkst du denn?«

Kes stieß einen Seufzer der Erleichterung aus, und sie fügte hinzu: »Vater würde es auch wollen. Da bin ich mir ganz sicher.«

»Ich kann es kaum erwarten, ihn zu sehen!« Kes schlang beide Arme um seinen Oberkörper, als wäre ihm kalt. »Was sollen wir bis zu seiner Rückkehr machen? Ich werde Arhans sagen, sie soll nach dem Boot Ausschau halten. Wenn ich nach Hause gehe, kann sie mir Bescheid geben, wenn Vater zurückkommt. Aber was ist mit dir?«

»Ich muss so weiterleben wie bisher, als wäre alles normal.« Lizzy erhob sich und schaute landeinwärts. »Oh, da kommen ein paar Leute den Pfad herauf, ich sollte besser gehen. Hör mal, sollen wir uns nachher am Strand treffen?«

Kes zögerte und sagte: »Lieber nicht. Bis Vater zurück ist, halte ich es für besser – und sicherer –, wenn wir uns nicht treffen. Für alle Fälle ...«

Lizzy war zwar anderer Meinung, sah dann aber ein, dass Kes recht hatte. Tullor oder ein anderer von Tarans Handlangern könnte in der Nähe lauern und sie beobachten. Und je weniger er Taran zu berichten hätte, desto besser.

»Okay«, sagte sie widerwillig. »Aber woher weiß ich, wann Arhans Vaters Boot erspäht?«

»Du hast doch deine Muschel«, sagte er lächelnd. »Wenn ich dich rufe, kommst du zum Strand.«

Er hatte Lizzy eine große, wunderschöne spiralförmige Muschel geschenkt, die sie in ihrem Zimmer aufbewahrte. Wenn man sie sich ans Ohr hielt, konnte man die Geräusche des Meeres hören und außerdem auch die komischen Laute der Delfine.

Und wenn Kes nach ihr rief, würde Lizzy es merken.

»Ach, richtig. So machen wir's!« Sie fiel ihm kurz um den Hals. »Pass gut auf dich auf, versprochen?«

»Klar. Dann bis bald.«

Sie sah ihm nach, als er auf dem kürzesten Weg die Klippe hinunterkletterte, bis dicht oberhalb der Wellen. Dann streckte er sich und sprang ab. Er beschrieb einen atemberaubenden Bogen in der Luft, ehe er sauber und glatt ins Wasser eintauchte. Er streckte noch einmal kurz den Kopf aus dem Wasser und winkte Lizzy zu, ehe er sich abwandte und endgültig unter den Wellen verschwand.

Lizzy stand eine Minute lang reglos da und starrte auf die Flutwellen, die an den Fuß der Klippe donnerten. Dann drehte sie sich um und ging über den Klippenpfad zur Stadt zurück. Die Leute, die sie gesehen hatte, gingen in die andere Richtung, auf den Hafen zu. Sie hatten Kes und sie wahrscheinlich gar nicht gesehen und so auch nicht bemerkt, dass Kes plötzlich verschwunden war.

Aber jemand anders hatte es bemerkt.

»Lizzy?«

Lizzy zuckte zusammen.

»Oh, Rose!« Sie spürte, wie alle Farbe aus ihrem Gesicht wich, und versuchte, ihren Schreck zu überspielen, indem sie wütend wurde. »Was soll das? Mich so zu erschrecken! Ich dachte, du wolltest auf den Delfin warten!«

»Und ich dachte, du wolltest nach Hause gehen«, erwiderte Rose ungerührt und musterte ihre Schwester neugierig. »Der Junge am Leuchtturm war Kes, stimmt's?«

»Und wenn?«

»Schon gut, schon gut. Ist mir ja eigentlich egal.« Rose war schon auf dem Weg vom Hafen zur Stadt gewesen, als sie Lizzy und Kes gesehen hatte – allem Anschein nach in ein sehr ernstes Gespräch vertieft. Sie war zu weit weg gewesen, um zu hören, worum es ging, doch es schien um etwas sehr Wichtiges zu gehen. Das und die Tatsache, dass Lizzy in letzter Zeit so seltsam war, führte dazu, dass Rose wissen wollte, was eigentlich los war.

Lizzy ging weiter und Rose folgte ihr.

»Sag mal, was habt ihr zu verbergen, ihr zwei?«, fragte sie.

»Unsinn!« Lizzy drehte sich nicht um. »Wir haben nichts zu verbergen.«

»Aha, und warum trefft ihr euch dann heimlich? Komm, Lizzy, da läuft etwas, das spüre ich. Wir beide sind doch gute Freundinnen. Warum erzählst du es mir nicht?«

Lizzy holte tief Luft und kämpfte gegen ihre widersprüchlichen Gefühle an. Sie hätte Rose zu gern alles erzählt. Sie und ihre große Schwester standen sich sehr nah und hatten bisher nie Geheimnisse voreinander gehabt. Es war das allererste Mal, dass Lizzy ihr nicht erzählen konnte, was sie bedrückte. Das machte ihr so sehr zu schaffen, dass sie die Nerven verlor, obwohl sie das gar nicht wollte.

»Lass mich einfach in Ruhe, okay?«, fauchte sie. »Alles ist in bester Ordnung, und selbst wenn nicht, ginge es dich nichts an! Verstanden?«

Und noch ehe Rose sich von Lizzys Ausbruch erholt hatte, rannte Lizzy davon.

Rose starrte ihr kopfschüttelnd nach. Was war heute nur in Lizzy gefahren? Bei Lizzys erstem Wutausbruch am Hafen hatte sich Rose noch geärgert, aber inzwischen machte sie sich Sorgen. Irgendetwas stimmte nicht, daran bestand kein Zweifel. Und dieser Junge, Kes, hatte etwas damit zu tun.

Sie blickte zum Leuchtturm zurück und kräuselte die Stirn. Wohin war Kes verschwunden? Er war nicht in Richtung der Stadt gegangen und auch nicht zum Hafen, das hätte sie gesehen. War er noch auf der Landzunge und wartete, bis sie weg war, damit sie ihm keine unangenehmen Fragen stellen konnte?

Nun, dachte sie, *das werden wir ja sehen!* Sie rannte zum Leuchtturm, umrundete ihn und blickte sich suchend um.

Kes war nirgends zu sehen.

Wohin zum Kuckuck war er gegangen? Rose stellte sich an den Rand der Klippe, weil sie dachte, es gäbe eventuell einen Weg nach unten. Doch die Felswand fiel so steil ins Meer ab, dass ihr schwindelig wurde, und sie trat schnell einen Schritt zurück. Wohin war Kes nur verschwunden? Man hätte fast glauben können, er sei von der Klippe gesprungen und weggeschwommen!

Über diesen verrückten Gedanken musste Rose lachen. Aber sie stand noch immer vor einem Rätsel, als sie die Suche aufgab und Lizzy nach Hause folgte.

3. Kapitel

Morvyr hatte geträumt, sie würde durch den Braunalgenwald vor ihrer Höhle schwimmen. Sie suchte nach etwas, konnte sich aber beim besten Willen nicht mehr erinnern, wonach. Der Wald wirkte dichter als sonst; als sie versucht hatte, die Braunalgenwedel zur Seite zu drücken, hatte sie den Eindruck gehabt, sie würden zurückdrücken, und sie musste sich unglaublich anstrengen, um überhaupt vorwärtszukommen. Und dann konnte sie sich plötzlich gar nicht mehr bewegen. Die langen Braunalgenwedel umschlangen sie, wickelten sich fest um ihren Hals und drohten plötzlich, sie zu ersticken …

Unvermittelt schreckte Morvyr aus dem Schlaf

hoch und stellte fest, dass sie in einem sonderbaren, dämmerigen indigoblauen Licht badete.

Wo war sie? Ihr Kopf tat weh und war wie vernebelt, doch tief in ihrem Inneren spürte sie undeutlich, dass sie in Gefahr schwebte. War etwas passiert? Sie konnte sich nicht erinnern …

Sie drehte sich im Wasser um die eigene Achse und blickte sich suchend um. Das indigoblaue Licht war nicht nur dämmerig, sondern auch irgendwie dicht und schwer, ähnlich wie der Meeresboden, wenn eine Strömung den ganzen Sand aufwirbelte. Wo war sie? Sie zermarterte sich das Gehirn und nach einer Weile wurde ihr Kopf wieder klarer. Jack! Ja, Jack war zurückgekehrt, und sie und Kes hatten sich in tiefer Nacht aus ihrem Versteck gewagt, um nach ihm zu suchen. Sie hatte gedacht, um diese Zeit wäre es einigermaßen sicher, doch dann waren sie von Tullor und seinen Kumpanen gefangen genommen worden!

»Kes!«, rief Morvyr voller Verzweiflung. »Kes, bist du da?«

Ihre Stimme wurde zu ihr zurückgeworfen wie in einem abgeschlossenen Raum, doch eine Antwort blieb aus. Das Wasser wirbelte auf, als Morvyr in dem dämmerigen Licht hektisch ihre Umgebung abtastete. Sie war höchstens einen oder zwei Meter weit geschwommen, als ihre ausgestreckten Hände an eine massive Wand stießen, und als sie sich weitertastete, stellte sie fest, dass die Wand rundum gekrümmt war und nirgends aufhörte. Morvyr merkte mit Bestürzung, dass sie in eine Art Kugel eingesperrt war.

Als sie sich um die eigene Achse drehte, sah sie, dass ein Teil der gekrümmten Wand gläsern war, wie die Oberfläche eines Spiegels. In diesem Moment begriff sie, wo sie war. Sie war in der Höhle des Regenbogenteichs, hinter einem der Spiegel!

Hier war Morvyr schon gewesen, vor vielen Jahren, als Kara, die frühere Königin der Meerjungfrauen, noch lebte. Damals war es ein schöner, gastfreundlicher Ort gewesen, heute aber war es Tarans Schlupfwinkel. Tullor musste sie hierher geschleppt haben. Aber warum? Und wo war Kes?

Wieder rief sie Kes' Namen. Und wieder kam keine Antwort – doch dafür hörte sie etwas anderes. Es klang wie Gelächter. Morvyr schwamm zu der gläsernen Wand und drückte ihr Gesicht dagegen, um etwas sehen zu können.

Was sich auf der anderen Seite befand, konnte sie nur undeutlich erkennen. Doch sie konnte den Teich und die anderen Spiegel sehen, die in den verschiedenen Farben des Regenbogens schimmerten. Auf der Felsencouch am Rand des Teichs saß Taran höchstpersönlich. Sie trug das Diadem mit den Perlen auf dem Kopf, hielt sich einen Handspiegel mit goldener Einfassung vors Gesicht und bewunderte ganz offensichtlich ihr Spiegelbild. Morvyr platzte fast vor Zorn. Sie kannte diesen Spiegel! Die Meerjungfrauen hatten ihn vor vielen Jahren im Wrack eines Segelschiffs gefunden und Königin Kara geschenkt.

»Du Diebin!«, zischte sie. *»Diebin! Usurpatorin! Was hast du mit meinem Sohn gemacht?«*

Taran konnte sie nicht hören, weil Töne nur von außen nach innen drangen, nicht aber in die umgekehrte Richtung. Auf einmal wirbelte das Wasser im Teich auf und Morvyr sah den hässlichen Kopf eines Riesenaals auftauchen.

Taran ließ den Handspiegel sinken. »Ah, Tullor!«, sagte sie. »Hast du deinen Auftrag ausgeführt?«

Tullor krümmte sich – das war seine Art, sich zu verbeugen. »Jawohl, Majestät«, schnarrte er. »Der

Junge ist fort, um seiner Schwester die Botschaft zu überbringen.«

Morvyr riss entsetzt den Mund auf. Fort? Eine Botschaft für seine Schwester? Alles deutete darauf hin, dass Taran Kes freigelassen hatte … Aber was für eine Botschaft? Was hatte Taran mit Lizzy vor?

Taran warf ihre pechschwarzen Haare in den Nacken und lehnte sich auf ihrem Felsenthron genüsslich zurück. »Ausgezeichnet! Jetzt müssen wir nur noch warten, bis die beiden Kinder uns die silberne Perle bringen.«

Morvyr erstarrte. Sie wollte ihren Ohren nicht trauen. Taran musste irgendwie erfahren haben, dass Lizzy diese Perle hatte. Aber wie? Hatte sie Kes gezwungen, es ihr zu sagen? Er und Lizzy würden ihr die Perle niemals geben! Das konnten und *durften* sie nicht tun …

Morvyr spitzte die Ohren, als Taran erneut den Mund öffnete.

»Acht Perlen«, säuselte die Königin zufrieden, »dann fehlt uns nur noch eine einzige.«

»Ihr werdet sie bestimmt finden, Majestät!«, versicherte ihr Tullor kriecherisch. »Ihr seid klüger und schlauer als das ganze Meervolk zusammengenommen. Und wenn Ihr erst die silberne Perle habt, kann es nicht mehr lange dauern, bis Ihr auch die schwarze bekommt!«

Sie lachte erfreut auf. »Wie wahr! Und wenn ich auch die schwarze Perle habe, werde ich dafür sorgen, dass jeder in meinem Königreich es erfährt.« Sie machte eine Pause und lächelte grausam. »Und ich meine wirklich *jeden*!« Bei diesen Worten hatte sie sich zum indigoblauen Spiegel gedreht. Zum Glück hatte Morvyr geistesgegenwärtig die Augen zugemacht und ihren Körper entspannt, sodass Taran glaubte, sie schwebe noch schlafend im Wasser.

»Meint Ihr damit auch Eure *andere* Gefangene, Majestät?«, fragte Tullor.

»Oh ja«, antwortete Taran düster. »Ich hasse sie so sehr wie sie mich und das weiß sie. Wenn meine Krone wieder komplett ist, lasse ich sie aus ihrem Gefängnis herbringen, damit sie meinen Triumph miterleben kann.«

Tullor lachte, was in seinem Fall jedoch nur ein hässliches Zischen war. »Das wird ein Spaß werden, Majestät! Wenn Karwynna Euch mit der Krone sieht, wird sie es nicht wagen zu behaupten, dass Ihr nicht die einzige, wahre Königin seid!«

Karwynna? Morvyr wollte ihren Ohren nicht trauen und machte vor Verblüffung die Augen einen Spaltbreit auf. Doch zum Glück schaute Taran nicht mehr in ihre Richtung, sondern war wieder in die Bewunderung ihres Spiegelbildes vertieft.

»Ich warte seit Jahren darauf, zu sehen, was für ein Gesicht sie macht, wenn ich ihr die wieder intakte Krone zeige – *meine* Krone«, sagte sie. »Das wird ein unvergesslicher Anblick werden. Und danach gibt es meiner Meinung nach keinen Grund mehr, sie noch länger am Leben zu lassen.«

»Ah, Majestät«, Tullor säuselte fast vor Entzücken, »dann kann ich nur hoffen, dass *mir* die Ehre zuteilwird, sie ein für alle Mal aus dem Weg zu schaffen!«

Taran lächelte ihn huldvoll an. »Aber ja, mein Guter. Es soll die Belohnung für deine Treue und Ergebenheit sein.«

»Besten Dank im Voraus, Majestät!« In der Stimme des Riesenaals lag eine widerliche Vorfreude.

»Ich möchte mich jetzt etwas ausruhen«, erklärte Taran. »Geh und halte nach dem Jungen und seiner Schwester Ausschau. Und gib mir Bescheid, sobald sie kommen.«

»Wie Euer Majestät wünschen.« Tullor senkte seinen Kopf und krümmte sich untertänig. Dann tauchte er mit dem ganzen Körper ins Wasser ein und verschwand.

Morvyr verharrte reglos in ihrer gläsernen Zelle und sah unter ihren halb geschlossenen Lidern, wie Taran einen zufriedenen Seufzer ausstieß und sich dann auf ihrer Felsencouch ausstreckte. Die Königin schloss die Augen und schlief bald darauf ein. Morvyr rührte sich nicht von der Stelle, doch in ihrem Kopf überschlugen sich die Gedanken. Was sie gehört hatte, war ein richtiger Schock für sie. Sie dachte an den schrecklichen Tag zurück, als Taran ihren schändlichen Plan, die rechtmäßige Königin, Kara, zu stürzen, in die Tat umgesetzt hatte. Ihr Überfall war für die Königin der Meerjungfrauen und ihre Diener völlig überraschend gekommen; Taran hatte sie getötet und ihre Tochter und Erbin Karwynna entführt. Das Meervolk glaubte seit Jahren, dass auch Karwynna damals ums Leben gekommen war. Nun aber wusste Morvyr, dass das nicht stimmte. Karwynna war noch am Leben!

Doch falls es Taran tatsächlich gelingen sollte, die

beiden fehlenden Perlen in die Hände zu bekommen, würde Karwynna tatsächlich sterben!

Morvyr schossen Tränen in die Augen und vermischten sich mit dem Wasser, in dem sie schwamm. Offenbar hatte Taran etwas ausgeheckt, um Kes und Lizzy zu zwingen, ihr die silberne Perle auszuhändigen. Das durfte auf keinen Fall passieren! Aber wie konnte sie, Morvyr, es verhindern? Sie war völlig hilflos, konnte weder mit den Zwillingen noch mit Arhans Kontakt aufnehmen und niemanden warnen! Sie konnte nichts anderes tun als abwarten und hoffen, dass Tarans finsterer Plan fehlschlagen würde.

Aber das Warten war unerträglich.

4. Kapitel

»Na, so schweigsam kenne ich euch beide ja gar nicht«, sagte Mrs Baxter beim Abendessen. »Habt ihr eure Zungen verschluckt?« Kopfschüttelnd blickte sie von Rose zu Lizzy. »Ist etwas nicht in Ordnung mit euch?«

Lizzy blickte auf. »Was? Ähm, nein, alles bestens, Mum. Ich … ich habe nur nichts zu erzählen.«

»Ich auch nicht«, sagte Rose.

Ihr Vater, der sich nur selten eine Gelegenheit entgehen ließ, seine Töchter ein bisschen zu ärgern, sagte: »Vermisst du Paul schon, Rose? Muss Liebe schön sein!« Er zwinkerte seiner Frau zu, die ihre Gabel auf ihn richtete und so tat, als wollte sie ihn piksen.

»Ach, Quatsch, Dad«, sagte Rose. »Und außerdem kommen sie morgen ja schon zurück.«

Lizzy blickte überrascht auf. »Echt? Woher weißt du das? Hat Paul dir eine SMS geschickt?«

Sie tat so, als sei es eine beiläufige Frage, doch Rose ließ sich nicht täuschen. »Hey, warum bist du auf einmal so interessiert?«, fragte sie neugierig. »Zuerst willst du unbedingt dabei sein, wenn sie ablegen, angeblich, um ihnen nachzuwinken, und jetzt interessiert es dich brennend, wann sie zurückkommen. Was ist eigentlich los?«

»Nichts. Red keinen Blödsinn!«

»Lizzy!«, sagte Mrs Baxter. »Das reicht! Das gilt auch für dich, Rose. Wenn ihr streiten wollt, dann tut das woanders.«

Die beiden Mädchen sagten nichts mehr. Rose war drauf und dran gewesen, Lizzy direkt zu fragen, worüber sie sich am Leuchtturm so geheimnistuerisch mit Kes unterhalten hatte und wie Kes es geschafft hatte, so schnell zu verschwinden. Jetzt aber war sie froh, dass ihre Mutter sie rechtzeitig daran gehindert hatte. Etwas *war* im Gange, da war sie sich ganz sicher. Aber wenn sie Lizzy zu sehr bedrängte, würde diese erst recht nichts sagen.

Wenn sie wirklich etwas aus Lizzy herauskriegen wollte, dann gab es dafür sicher bessere Gelegenheiten, sagte sich Rose.

Sie aßen schweigend zu Ende, und sobald Lizzy aufstehen durfte, zog sie sich in ihr Zimmer zurück. Rose hörte sie nach oben in ihr Zimmer gehen. Jetzt ist sie bestimmt beleidigt, dachte Rose. Doch als sie noch beim Abräumen des Tisches mithalf, kam Lizzy die Treppe wieder herunter. Sie sagte nichts und schaute Rose auch nicht an, erledigte aber ihren Teil der Aufgaben und half auch beim Abspülen mit.

Hm, das ist ja echt komisch, dachte Rose. An diesem Tag war Lizzy schon mehrmals oben in ihrem Zimmer verschwunden. Sie blieb nie länger als ein paar Minuten, doch Rose wusste nicht, was Lizzy in ihrem Zimmer machte. Rief sie jemanden mit ihrem Handy an? Und falls ja, wen? Beim nächsten Mal würde sie versuchen herauszufinden, was Lizzy tat, nahm sich Rose vor.

Diese Gelegenheit kam, als sie mit Abspülen fertig waren und Mr Baxter gerade den letzten Teller abtrocknete. Rose sah Lizzy erneut die Treppe hinaufgehen. Nach wenigen Sekunden schlich sie ihr nach.

Lizzys Zimmertür war nur angelehnt, und Rose rechnete damit, ihre kleine Schwester mit dem Handy telefonieren zu hören. Doch aus dem Zimmer kam kein Laut. Noch neugieriger geworden, tapste Rose auf Zehenspitzen zur Tür und guckte durch den schmalen Spalt.

Lizzy stand am Fenster. Sie hielt sich die große spiralförmige Muschel ans Ohr, die sie vor ein paar Wochen vom Strand mitgebracht hatte. Rose war baff. *Deswegen* rannte Lizzy ständig in ihr Zimmer? Das war nicht nur komisch, das war auch unheimlich! Und warum machte Lizzy so ein hoch konzentriertes Gesicht? Bildete sie sich etwa ein, die Muschel sei ein Telefon? Dann musste sie komplett übergeschnappt sein!

Unvermittelt ließ Lizzy die Muschel sinken und legte sie aufs Fensterbrett. Rose flitzte wie ein geölter Blitz durch den Flur zum Bad, bevor ihre Schwester sich umdrehen und sie entdecken würde. Geschafft! Als sie durch die nur angelehnte Badezimmertür spähte, sah sie Lizzy mit einem sorgenvollen Gesicht wieder nach unten gehen. Was war nur los?

Rose war der Lösung des Rätsels noch keinen

Schritt näher gekommen, als Schlafenszeit war. Und am darauffolgenden Tag wirkte Lizzy noch besorgter und geistesabwesender als am Vortag. Sie ging weiterhin andauernd in ihr Zimmer, doch Rose traute sich nicht mehr, ihr zu folgen. Sie wollte auf keinen Fall beim Spionieren ertappt werden.

Lizzy dagegen war kein bisschen an dem interessiert, was Rose tat. Als Lizzy am Nachmittag immer noch nichts von Kes gehört hatte, wurde sie noch nervöser. Wie lange musste sie denn *noch* warten? Wo war die *Regard*? War etwas schiefgelaufen?

Als sie dann aber kurz vor dem Abendessen die Muschel an ihr Ohr hielt, hörte sie über das übliche Rauschen des Meeres hinweg Kes' Stimme.

»Lizzy … Lizzy … Hafen … Dämmerung …«

Endlich! Lizzy war erleichtert. Das konnte nur bedeuten, dass der Fischkutter bald einlaufen würde! Aufgeregt lief sie nach unten und wäre beinahe mit Rose zusammengeprallt, die angestrengt auf das Display ihres Handys starrte und nicht darauf achtete, wohin sie ging.

»Achtung!«, rief Rose und wich erschrocken zurück.

»Entschuldigung.« Lizzy blieb stehen und starrte auf das Handy in der Hand ihrer Schwester. »Was liest du da? Eine SMS?«

»Ja.«

»Von wem?«

Rose sah sie an. »Geht dich nichts an«, sagte sie schnippisch und lief davon. Lizzy starrte ihr nach. War es eine SMS von Paul? War der Trawler inzwischen zurück im Mobilfunkbereich, und hatte er Rose geschrieben, wann sie einlaufen würden? Lizzy wollte es unbedingt wissen, traute sich aber nicht zu fragen. Rose war schon misstrauisch genug. Nein, sie musste sich beherrschen und noch etwas warten.

Mr und Mrs Baxter wollten an diesem Abend ausgehen. In Penzance lief ein Film, den sie unbedingt sehen wollten, und Mrs Baxter hatte gesagt, dass sie sich nicht daran erinnern könne, wann sie das letzte Mal zusammen im Kino gewesen waren ohne die Mädchen.

»Beim letzten Mal mussten wir einen Babysitter kommen lassen«, hatte sie den Mädchen erzählt. »Es muss Jahre her sein! Ich bin so froh, dass Rose inzwischen alt genug ist, um auf Lizzy aufzupassen.«

Rose hatte die Augen verdreht, und Lizzy hatte etwas genervt gesagt: »Ich bin alt genug, um auf mich selbst aufzupassen!«

»Kann sein, aber wir würden dich trotzdem nicht einen ganzen Abend lang allein zu Hause lassen. Also kannst du heute Abend nicht ausgehen, Rose. Versprochen?«

»Meinetwegen«, stöhnte Rose. »Hatte ich sowieso nicht vor. Paul kommt zwar bald zurück, aber er sagt, er sei zu müde, um sich heute Abend noch mit mir zu treffen.« Sie zuckte mit den Schultern. »Da kann ich genauso gut hier den Babysitter spielen.«

Paul kommt zurück … Aha, die SMS war tatsächlich von Paul gewesen! Das war die Nachricht, auf die Lizzy gewartet hatte, und sie merkte, dass ihre Anspannung etwas nachließ. Nur noch ein paar Stunden, mehr nicht.

Nachdem ihre Eltern das Haus verlassen hatten, machte Rose es sich vor dem Fernseher gemütlich. Lizzy setzte sich für eine Weile zu ihr und versuchte, sich abzulenken, indem sie auf den Bildschirm starrte. Doch sie war so nervös und zappelig, dass sie sich nach kurzer Zeit reckte und streckte und sagte: »Ich gehe ins Bett. Gute Nacht, Rose.«

hatte doch von der Dämmerung gesprochen …
Auf einmal sah sie zwei vertraute Gestalten auf der Kaimauer, eine große und eine sehr viel kleinere. Es waren Jack und Kes!

Sie rannte zu ihnen. »Ihr habt euch gefunden! Wie schön! Ich bin so froh!«

»Und ich erst!« Jacks Augen waren feucht vor Freude. »Endlich habe ich meine *beiden* Kinder wieder!«

Auch Kes strahlte. Trotz seiner Angst um Morvyr war er überglücklich, endlich seinen Vater kennenzulernen. Doch nachdem sich die erste Freude und Aufregung gelegt hatte, wurden sie alle wieder ernst und besprachen, was sie tun konnten.

Kes hatte Jack bereits alles erzählt, und die Zwillinge waren sehr erleichtert, dass Jack auch ihrer Meinung war.

»Natürlich müssen wir Taran die Perle geben«, sagte er. »Ich finde es zwar schrecklich, aber uns bleibt keine andere Wahl. Morvyr zu retten ist wichtiger als alles andere.«

Kes kräuselte die Stirn. »Aber wird sie ihr Versprechen auch halten und Mutter freilassen? Ich traue ihr nicht.«

»Ich auch nicht«, sagte Lizzy.

Jack seufzte. »Eine Garantie haben wir natürlich nicht. Aber ich denke nicht, dass sie uns betrügt. Sie weiß, dass Morvyr die schwarze Perle nicht hat, weshalb sollte sie sie dann länger gefangen halten? Und sobald Taran die silberne Perle hat, wird sie kein Interesse mehr an euch haben.«

»Das stimmt«, sagte Kes. »Aber Angst habe ich trotzdem.« Er blickte zu seiner Schwester. »Und es gefällt mir auch nicht, dass Lizzy mitkommen muss. Wir sollen die Perle durch ein ganz bestimmtes Tor oder Portal bringen, damit Taran weiß, dass es die echte Perle ist. Dieses Tor liegt weit draußen, in der Nähe von Land's End; das weiß ich von Arhans. Selbst mithilfe der Delfine ist es für Lizzy viel zu weit. Diese Strecke kann sie nicht schwimmen. Aber Taran besteht darauf, dass Lizzy ihr die Perle persönlich bringt.«

»Hmm …« Nachdenklich rieb Jack sich das Kinn. »Dafür weiß ich vielleicht eine Lösung, Kes. Ich könnte Lizzy mit dem Boot zu diesem Portal bringen. Meinst du, Arhans und ihre Freunde zeigen uns den Weg?«

Kes lächelte. »Klar, ganz bestimmt! Und es wäre

toll, wenn du dabei wärst, Vater. Dann würde ich mich sehr viel wohler fühlen.«

»Ich auch«, sagte Lizzy. »Aber Mr Treleavens Segelboot ist ziemlich klein. Kann man damit so weit rausfahren?«

»Ich spreche nicht von seinem Segelboot«, erklärte Jack, »sondern von der *Regard*.«

Lizzy starrte ihn an. »Dem Trawler? Aber dann müsste Mr Treleaven auch mitkommen, oder?«

»Tja, das lässt sich nicht vermeiden.« Jack schaute Lizzy in die Augen. »Ich weiß, was du denkst, aber du brauchst dir keine Sorgen zu machen. Jeff und ich waren schon als Kinder gute Freunde – *sehr* gute Freunde.«

»Du meinst …« Ihre Augen wurden groß. »Er weiß Bescheid?«

Lächelnd legte sich Jack einen Finger an die Lippen. »Ich habe nichts davon gesagt, was er weiß oder nicht weiß. Vertrau mir einfach, okay?«

»Okay«, sagte Lizzy etwas skeptisch.

»Gut, dann muss ich Jeff also nur bitten, dich zu einem kleinen Tagesausflug auf seinem Fischkutter einzuladen. Meinst du, deine Eltern sind einverstanden, wenn ich sie morgen anrufe?«

Lizzy nickte.

»Gut, dann gehst du jetzt besser wieder nach Hause, bevor dich noch jemand vermisst. Ich werde versuchen, das Ganze so schnell wie möglich in die Wege zu leiten. Und zieh auf jeden Fall deinen Neoprenanzug an, wenn wir unseren Hochseetrip machen!«

Als Lizzy durch die dunklen Straßen nach Hause ging, überschlugen sich ihre Gedanken. So wie Jack sich ausgedrückt hatte, schien Mr Treleaven Bescheid zu wissen und kannte seine Vergangenheit, zumindest einen Teil davon. Aber welchen Teil? Wusste er zum Beispiel, dass sie und Kes Jacks Kinder waren? Wusste er von Morvyr? Oder von den Perlen, der schwarzen und der silbernen? Es war ein komisches, aber auch schönes Gefühl, sich vorzustellen, dass noch jemand ihr Geheimnis kannte und – was noch wichtiger war – es auch glaubte.

Lizzy bog auf den schmalen Weg ein, der hinter ihrem Haus entlangführte, und schlich von dort aus zur Hintertür. Damit hatte Rose, die nur wenige Meter hinter ihr war, gerechnet, und sie war schnell durch die Vordertür ins Haus geschlüpft. Als Lizzy auf Zehenspitzen von der Küche in den Flur getapst war und durch die halb geöffnete Wohnzimmertür spähte, sah sie ihre große Schwester mit den Kopfhörern auf dem Sofa liegen und allem Anschein nach tief und fest schlafen. Mit einem erleichterten Lächeln schlich sich Lizzy die Treppe hinauf und ging in ihr Zimmer.

Unten im Wohnzimmer schlug Rose die Augen wieder auf und starrte gedankenverloren an die Wand. Es gab so viel, worüber sie nachdenken musste. Sehr viel!

5. Kapitel

Am nächsten Morgen fuhr Mr Baxter in das College, an dem er ab kommendem Monat unterrichten würde, um mit dem Direktor seinen Stundenplan zu besprechen. Solange er »aus den Füßen war«, wie Mrs Baxter es ausdrückte, wollte sie das elterliche Schlafzimmer neu streichen, weil ihr das scheußliche Hellrosa an den Wänden nicht gefiel. Zu ihrer Überraschung erbot sich Lizzy, ihr zu helfen.

»Willst du nicht lieber zum Strand?«, fragte ihre Mutter. »Das Wetter ist wieder so herrlich; bist du dir sicher, dass du lieber im Haus bleiben willst?«

»Ja«, antwortete Lizzy. »Ehrlich, Mum, ich würde dir gern helfen.«

»Na schön, ein solches Angebot kann ich natürlich nicht ablehnen!«, sagte Mrs Baxter und lächelte. »Dann komm! Aber zieh dir etwas Altes an, das ruhig schmutzig werden kann!«

In alten Shorts und T-Shirts rückten sie die Schlafzimmermöbel von der Wand weg und begannen, die erste Wand abzuwaschen. Lizzy war froh, dass Rose mit Paul unterwegs war. Ihre Schwester hatte in letzter Zeit eine Menge neugieriger Fragen gestellt, und wenn sie mitbekommen hätte, dass Lizzy freiwillig zu Hause blieb, wäre sie vermutlich noch misstrauischer geworden. Tatsache war, dass Lizzy so lange im Haus bleiben wollte, bis Mr Treleaven wegen des Bootstrips angerufen hatte. Es gab natürlich keine Garantie dafür, dass er auf Jacks Vorschlag eingehen würde. Doch falls ja, wollte Lizzy unbedingt dabei sein, wenn er anrief.

Sie waren gerade bei der letzten Wand angekommen, als das Telefon läutete. Lizzy zuckte erschrocken zusammen, doch das merkte ihre Mutter zum Glück nicht und griff zum Telefon.

»Hallo, Janice!«, sagte sie. »Ja, danke, bestens. Und dir?«

Lizzy atmete laut hörbar aus. Es war Mums Freundin vom Krankenhaus, in dem sie seit Neuestem in Teilzeit arbeitete. Mrs Baxter unterhielt sich eine Weile mit ihr und sagte dann: »Ja, ich werde kommen. Danke. Bis dann.« Und sie legte auf.

»Jemand aus unserer Abteilung ist krank geworden, deshalb soll ich diese Woche einen Tag mehr arbeiten«, erklärte sie, während sie wieder zu ihrem Schwamm griff.

»Ah.« Lizzy wusste nicht, was sie sonst noch hätte sagen sollen, und sie schrubbte noch energischer an der Wand herum. Danach musste man die Wände eine halbe Stunde lang bei offenem Fenster trocknen lassen, dann erst konnte man mit dem Streichen anfangen. Das Telefon läutete nicht mehr, und Lizzy versuchte, nicht daran zu denken, sondern sich darauf zu konzentrieren, wie schön die neue meerblaue Farbe aussah.

Gegen Mittag machten sie eine Pause, um etwas zu essen: Schinken, Kartoffelsalat und Krautsalat. Danach sagte Mrs Baxter, wie viel schneller man zu zweit vorankam, und genau in dem Augenblick läutete endlich das Telefon. Wieder zuckte Lizzy zusammen, doch es fiel ihrer Mutter auch diesmal nicht auf.

»Hallo?«, sagte sie in den Hörer. Dann: »Oh, hallo, Mr Treleaven.«

Lizzys Herz setzte einen Schlag lang aus. *Jetzt ist es so weit,* sagte sie sich.

»Mit Ihrem Trawler? … Morgen? Oh, die Sache ist die … wie lange wollten Sie unterwegs sein? … Ah, verstehe, nur ein Tagesausflug … Ja natürlich, ich wüsste nicht, was dagegen spräche. Ich denke, die beiden werden sich freuen.«

Lizzy erstarrte. Die *beiden*? Was meinte ihre Mutter mit *die beiden*?

»Lizzy ist gerade hier«, fuhr Mrs Baxter fort. »Rose ist unterwegs, doch sobald sie nach Hause kommt … Ja, natürlich, Paul wird es ihr bestimmt schon erzählt haben. Schön, das ist wirklich sehr nett von Ihnen, Mr Treleaven. Es wird sicher sehr spannend werden für die Mädchen! Ich rufe Sie später zurück. Bis dann.«

Mit einem breiten Lächeln wandte sie sich an Lizzy. »Stell dir vor: Ihr seid eingeladen worden«, sagte sie, »zu einem Tagestrip auf Mr Treleavens Boot, schon morgen.«

»Oh …« Lizzy bemühte sich, möglichst überrascht dreinzublicken. »Das ist ja … toll.«

»Na, ich muss schon sagen, du klingst nicht übermäßig begeistert«, sagte Mrs Baxter. »Ich dachte, du würdest dich freuen.«

Lizzy riss sich zusammen. »Das tue ich auch, Mum, wirklich! Es ist spitze. Ich … es kommt nur etwas überraschend.« Sie zögerte. »Gilt die Einladung auch für Rose?«

»Aber natürlich! Sie ist Pauls Freundin, da würde sein Vater sie wohl kaum ausschließen, oder? Ihr müsst unbedingt daran denken, etwas Warmes zum Anziehen mitzunehmen … und Schwimmwesten. Ich werde euch Lunchpakete mitgeben, okay?«

»Ja … danke, Mum.« Lizzy versuchte, ein fröhliches Gesicht zu machen. »Es wird bestimmt … sehr aufregend werden.«

Lizzy half den ganzen Nachmittag beim Streichen mit. Sie versuchte, nicht allzu deprimiert darüber zu sein, dass Rose mitkam, aber sie konnte nicht damit aufhören, sich Sorgen zu machen. Wenn Rose mit auf dem Trawler war, wie um alles in der

Welt konnten sie ihren Plan dann ausführen? Alles wäre im Eimer! Es *musste* einen Weg geben, Rose von diesem Bootsausflug abzuhalten!

Das Problem war nur, dass Lizzy beim besten Willen kein brauchbares Argument einfiel. Sie hatte zwar eine Menge Ideen, doch diese wurden im Laufe des Nachmittags immer verrückter. Und als Lizzy an dem Punkt war, dass sie sich überlegte, ob sie nachts vielleicht in Roses Zimmer schleichen und ihr Flecken auf Gesicht und Hals malen sollte, die wie Masern aussahen, gab sie es auf. Ihre einzige Hoffnung bestand darin, dass Rose eventuell keine Lust haben könnte, mitzukommen.

Doch als Rose nach Hause kam, löste sich diese Hoffnung in Luft auf. Rose platzte fast vor Aufregung und Vorfreude. Und während sie in den höchsten Tönen von dem bevorstehenden Ausflug schwärmte, warf sie Lizzy immer wieder triumphierende Blicke zu. Lizzy begriff nicht, warum. Doch das sollte sie erfahren, als sie zu Rose in deren Zimmer ging, um sie zu überreden, auf den Bootsausflug zu verzichten.

Rose checkte gerade ihre E-Mails am Computer, aber bei Lizzys Eintreten drehte sie den Kopf und sagte: »Ah, dachte ich mir, dass du bald auftauchen würdest!«

Lizzy wusste nicht, was Rose damit meinte, und verkniff sich jeden Kommentar. »Du, hör mal, Rose«, sagte sie verlegen. »Ich habe mir gerade überlegt … na ja, eine Fahrt auf einem Fischkutter ist sicher nicht gerade ein Vergnügungstrip, stimmt's? Es wird sehr laut sein und sicher auch unbequem und bestimmt stinkt es nach Fisch und Öl und so weiter. Und so weit draußen ist wahrscheinlich auch starker Seegang. Deshalb ist es vielleicht besser …«

»Aha«, sagte Rose mit Unschuldsmiene, »du fährst also lieber nicht mit?«

»Nein! Es geht nicht um mich. Ich dachte eher an dich.«

Rose grinste über das ganze Gesicht. »Ha, das hab ich gewusst!«, sagte sie. »Und ich weiß auch, warum.«

Lizzy erstarrte.

»Weißt du«, fuhr Rose gelassen fort, »ich bin dir gestern Abend zum Hafen gefolgt.«

Alle Farbe wich aus Lizzys Gesicht. *»Was?«*

»Komm schon, mir kannst du nichts vormachen.

Ich bin dir gefolgt und habe dich mit Mr Carrick und diesem Kes gesehen. Du verbirgst etwas vor mir, Lizzy Baxter. Das weiß ich schon lange. Du führst etwas im Schilde. Aber was? Ich gehe jede Wette ein, dass es etwas mit diesem Bootsausflug zu tun hat.« Lizzys entgeisterte Miene bestätigte ihre Vermutung. »Ich will in dieses Geheimnis eingeweiht werden und deshalb werde ich auf *jeden* Fall mitkommen. Und falls du mich weiter daran hindern willst, werde ich Mum und Dad von gestern Abend erzählen. Dann darfst du garantiert nicht mitfahren!«

In diesem schrecklichen Augenblick begriff Lizzy, dass sie in der Falle saß. Rose würde ihr nicht glauben, wenn sie ihr die Wahrheit sagte, selbst wenn sie die richtigen Worte fände und ihr alles erzählte. Und auf die Schnelle fiel ihr keine überzeugende andere Geschichte ein. Sie hatte keine Wahl.

Sie ließ sich auf Roses Bett sinken und starrte betreten auf ihre Fußspitzen. »Weißt du«, begann sie leise, »es gibt da tatsächlich ein Geheimnis, und es geht für mich um etwas sehr Wichtiges. Aber ich habe versprochen, es niemandem zu erzählen. Nicht einmal dir.« Sie hob den Kopf und schaute ihre Schwester an. »Ich würde es dir liebend gern erzählen, aber … ich habe es geschworen. Wenn alles vorbei ist, kann ich es dir erzählen. Aber vorläufig … *Bitte*, Rose, erzähl Mum und Dad nicht, dass ich gestern Abend am Hafen war. Und bitte löchere mich nicht mehr mit Fragen!«

Rose und Lizzy waren gute Freundinnen und eigentlich wollte Rose ihrer kleinen Schwester keinen Ärger bereiten. Außerdem, rief sie sich in Erinnerung, wenn sie Lizzy verpetzte, würde sie nie erfahren, worum es bei diesem Geheimnis ging.

»Sag mir eines«, sagte sie, »das Ganze ist doch nicht gefährlich, oder? Für dich, meine ich?«

Lizzy wusste, dass Rose im Leben nicht erraten würde, *wie* gefährlich das geplante Unternehmen war. Und obwohl sie schrecklich ungern log, blieb ihr nun nichts anderes übrig.

»Nein«, antwortete sie. »Keine Angst, es ist nicht gefährlich.«

»Na gut …« Rose seufzte. »Wie du meinst. Ich werde es niemandem verraten und dir auch keine Fragen mehr stellen. Aber«, fuhr sie mit einem spitzbübischen Grinsen fort, »zu diesem Bootsausflug komme ich auf jeden Fall mit!«

6. Kapitel

Um acht Uhr am nächsten Morgen sollten die beiden Mädchen am Hafen sein. Lizzy stand schon um sechs Uhr auf. Sie war schrecklich aufgeregt und hatte das Gefühl, in ihrem Magen würden sich tausend kleine Zahnrädchen drehen. Sie hatte in der vergangenen Nacht kaum ein Auge zugemacht und ständig darüber nachgedacht, wie Kes und sie unter Wasser tauchen und Taran die Perle bringen könnten, wenn Rose an Bord war. Aber leider war ihr keine brauchbare Lösung eingefallen. Sie konnte nur hoffen, dass Jack eine Idee hatte. Entweder das, oder Rose müsste es sich in letzter Sekunde noch anders überlegen und beschließen, lieber doch nicht mitzukommen …

Diese Hoffnung zerschlug sich aber, als Lizzy ins Bad gehen wollte und feststellte, dass Rose schneller gewesen war.

»Ich brauche nicht mehr lange«, trällerte Rose fröhlich über das Plätschern der Dusche hinweg. »Ist es nicht ein super Tag? Ich kann es kaum erwarten, in See zu stechen!«

Mrs Baxter war ebenfalls aufgestanden, nachdem sie die Mädchen gehört hatte, und bis auch Lizzy geduscht hatte, stand ihre Mutter schon in der Küche und bereitete das Frühstück zu.

»Ihr werdet auf keinen Fall mit leerem Magen aufbrechen«, erklärte sie. »Und ich gebe euch auch ein Lunchpaket mit!«

»Toll, danke, Mum«, sagte Rose. Sie machte sich mit Heißhunger über das Frühstück her, während Lizzy sich zu jedem Bissen zwingen musste. Sie trug ihr Amulett, in dem die silberne Perle versteckt war, um den Hals und berührte es alle paar Minuten, um ganz sicherzugehen, dass es sich nicht urplötzlich in Luft aufgelöst hatte.

Um Viertel vor acht wollte Rose unbedingt losgehen.

»Habt ihr auch alles?«, fragte Mum.

»Klar doch!« Rose klopfte auf ihre Schultertasche. »Kamera, Sonnenbrille, Sonnencreme mit Lichtschutzfaktor dreißig – und meinen Bikini unter den Shorts, zum Sonnenbaden.«

»Wir gehen auf einen Fischkutter, nicht auf eine Kreuzfahrt«, warf Lizzy schnippisch ein.

»Na und? Ich werde schon irgendwo ein Fleckchen finden, wo ich es mir gemütlich machen kann, glaub mir!« Rose grinste. »Tschüs, Mum! Bis heute Abend!«

Sie rannte zur Haustür hinaus. Lizzy wollte ihr schon folgen, drehte sich dann aber spontan noch einmal um und fiel ihrer Mutter um den Hals. »Tschüs, Mum!«

Mrs Baxter schien überrascht und erfreut. Sie winkte den beiden Mädchen lange nach, als diese die Straße hinunterliefen. Erst als sie nicht mehr zu sehen waren, machte Mrs Baxter die Haustür zu und fragte sich, warum Lizzy sie so stürmisch umarmt hatte.

Das war auch Rose aufgefallen, und sobald sie außer Hörweite ihrer Mutter waren, fragte sie: »Was sollte das?«

»Was?«

»Diese dicke Umarmung für Mum.«

»Ach, nichts«, sagte Lizzy abwehrend. »Mir war nur danach.«

Rose musterte sie ungläubig. Ihr war noch etwas aufgefallen. »Und warum hast du deinen Neoprenanzug unter deiner Kleidung an? Das ist doch total verrückt!«

Lizzy wurde rot. »Nein, ist es nicht. Auf hoher See ist es kalt.«

Rose öffnete schon den Mund, um die nächste Frage zu stellen, besann sich dann aber eines Besseren. Wie sie gestern Abend schon begriffen hatte, würde sie rein gar nichts erfahren, wenn sie Lizzy mit Fragen löcherte. Deshalb sagte sie nur: »Na gut, wie du meinst.«

Lizzy war froh, dass Rose sie endlich in Ruhe ließ.

Der Fischmarkt war fast schon zu Ende, doch am Hafen herrschte noch reger Betrieb. Unter den vielen anderen Fischkuttern konnten die Mädchen die *Regard* im ersten Moment nicht erkennen, aber dann sah Rose jemanden in der Ferne winken.

»Hey, da ist Paul!« Sie winkte zurück und begann zu rennen. Lizzy lief ihr nach. Sie mussten einem langsam dahinzuckelnden Gabelstapler ausweichen und einem mit leeren Kisten beladenen Handwagen, bis sie endlich bei Mr Treleaven und Jack waren, die nur auf sie gewartet hatten. Jack zwinkerte Lizzy verstohlen zu, sagte aber nur: »Morgen, ihr zwei! Ihr seid tatsächlich pünktlich da!«

»Selbstverständlich, Mr Carrick!« Rose tat zuerst etwas entrüstet, lächelte ihn dann aber an. »Kommen Sie auch mit?«

»Aber klar doch, einen alten Seebären hält nichts und niemand lange an Land, weißt du?«

Rose ging mit Paul und seinem Vater zum Boot, während Jack kurz zu Lizzy ging und ihr zuflüsterte: »Tut mir leid, Lizzy, aber da war nichts zu machen. Es wäre verdächtig gewesen, wenn wir Rose nicht auch eingeladen hätten, meinst du nicht?«

Lizzy nickte. »Ich weiß. Aber wie können wir tun, was wir geplant haben, ohne dass Rose etwas merkt?«

»Wir müssen sie irgendwie ablenken. Ich habe mir schon ein paar Dinge überlegt, aber darüber können wir uns nachher noch unterhalten, wenn wir auf See sind. Im Moment tu einfach so, als sei alles in Ordnung, okay?«

»Ich werd's versuchen. Aber sie weiß bereits, dass etwas nicht stimmt.« In aller Eile erzählte ihm Lizzy, was am Vorabend passiert war: dass sie Rose versprechen musste, ihr irgendwann später alles zu erzählen, und Rose ihr dafür versprochen hatte, den Mund zu halten.

Jack runzelte die Stirn. »Wird sie dieses Versprechen auch halten, was glaubst du?«

Nach kurzem Zögern antwortete sie: »Ja, da bin ich mir ganz sicher. Auch wenn sie vor Neugier fast platzt.«

»Nun, das ist ein weiteres Problem, das wir lösen müssen, wenn es so weit ist. Es ist bedauerlich, dass sie dir gefolgt ist, aber mach dir deshalb keine Vorwürfe. Das konntest du nicht wissen. Wir werden die Sache schon irgendwie hinkriegen, Lizzy, mach dir keine Sorgen. Übrigens, Arhans ist nicht weit weg. Wenn sie sieht, dass wir ablegen, gibt sie Kes Bescheid, und sie werden uns folgen.« Er drückte ihre Hand, um ihr Mut zu machen. »Komm. Gehen wir an Bord, ehe die anderen sich fragen, was wir zwei so Wichtiges zu besprechen haben.«

Zwanzig Minuten später verließ die *Regard* ihren Anlegeplatz, mit dem Heck voraus, bevor sie langsam wendete, bis der Bug aufs Meer hinauszeigte. Als sie Kurs auf die Hafenausfahrt nahm, stand Lizzy neben dem Ruderhaus und sah die Kaimauer an ihnen vorbeigleiten. Sie war das erste Mal auf einem Boot dieser Größe; es war eine völlig neue, sehr aufregende Erfahrung. Da waren das laute Tuckern des Bootsmotors, das unter ihren Füßen vibrierende Deck, das rhythmische Auf und Ab mit den Wellen, sodass man sich fast wie in einem riesigen Schaukelstuhl vorkam. Lizzy konnte das Meer riechen und noch sehr viel mehr: Diesel, Öl, Fisch und andere Gerüche, die sie nicht erkannte, was aber insgesamt eine höchst ungewöhnliche Mischung ergab.

Nach einer Weile kam Rose und stellte sich zu ihr. Sie strich sich die vom Wind zerzausten dunklen Haare aus dem Gesicht. »Toll, oder?«, sagte sie. »Abgesehen von diesem verflixten Ding …« Sie wackelte mit den Schultern und zupfte an der Schwimmweste herum, die sie hatte anziehen müssen. »Wie zum Kuckuck soll ich damit schön braun werden?«

»Dafür ertrinkst du nicht, wenn du über Bord fällst«, gab Lizzy zu bedenken. Jack hatte ihr geraten, ebenfalls eine Schwimmweste anzuziehen, obwohl sie beide wussten, dass Lizzy eigentlich keine brauchte. Aber sie mussten den Schein wahren.

Rose zog die Augenbrauen hoch. »Ich habe nicht die Absicht, über Bord zu fallen, danke! Das Meer ist mir viel zu kalt. Obwohl, du mit deinem Neoprenanzug …«

»Oh, fang nicht schon wieder damit an! Ich habe dir doch erklärt, warum ich ihn trage.«

Rose öffnete den Mund, zögerte dann aber und beschloss, lieber das Thema zu wechseln. »Paul sagte, wir fahren bis hinter Land's End. Meinst du, wir werden Delfine sehen?«

Diese Bemerkung klang beiläufig, doch Lizzy wusste, dass Rose gespannt auf ihre Reaktion wartete. Deshalb lächelte sie nur und schwieg. Sie waren inzwischen am Ende der Kaimauer angelangt, und als sich der Trawler dem offenen Meer zuwandte, wurde das Schaukeln stärker.

»Hups!« Rose schwankte und taumelte und wäre beinahe über eine Metallstange gestolpert, die auf dem Deck lag. »Hoffentlich schaukelt es nicht die ganze Zeit über so doll!«

»Das ist noch gar nichts«, sagte Lizzy. »Warte, bis wir weiter draußen sind.« Dann, weil ihr klar wurde, dass sie offiziell ja gar nichts vom offenen Meer wissen dürfte, fügte sie schnell hinzu: »Weißt du noch, wie wir damals die Wassersafari gemacht haben, kurz nachdem wir hierher gezogen waren? Der Mann hat gesagt, es sei ein ruhiger Seegang, dabei ging es noch viel wilder zu als jetzt.«

»Das stimmt.« Rose verzog das Gesicht. »Na ja, wenn ich seekrank werde, dann werde ich eben seekrank!«

»Mach dir keine Sorgen«, sagte da Paul, der soeben von hinten zu ihnen getreten war. »Ich koche uns gleich einen Tee. Seemannstee ist ein Wundermittel!« Wahrscheinlich hatte er recht, dachte Lizzy wenig später, als sie skeptisch auf den dampfenden Becher schaute, den er ihr in die Hand gedrückt hatte. Der Tee hatte die Farbe von alten Backsteinen, und als sie vorsichtig daran nippte, stellte sie fest, dass selbst die drei Teelöffel Zucker, die Paul hineingerührt hatte, nichts an dem penetranten Geschmack ändern konnten.

»Igitt!«, flüsterte Rose. »Das schmeckt ja widerlich! Wie kann ein Mensch so was mögen?« Sie warf einen flüchtigen Blick über die Schulter, um sich zu vergewissern, dass Paul nicht in der Nähe war. »Ich schütte ihn über Bord, sobald keiner herschaut.«

»Ich auch.« Lizzy grinste. Sie fragte sich, wo Kes und Arhans gerade waren. Waren sie vielleicht schon hinter ihnen? Sie stellte sich vor, wie sie den Tee ins Meer schüttete, direkt vor Kes' Nase. Was er wohl von dem Geschmack halten würde? Bei diesem Gedanken musste sie kichern und Rose schaute sie fragend an.

»*So* lustig ist es nun auch nicht«, sagte sie.

»Entschuldige.« Lizzy wusste, dass ihr Kicheranfall nur eine Folge ihrer Nervosität war, und machte schnell wieder ein ernstes Gesicht. Aber wo waren Kes und Arhans denn nun? Verstohlen schaute sie über die Reling in die Tiefe. Doch wegen des schäumenden Kielwassers am Bug war es unmöglich, unter der aufgewühlten Wasseroberfläche etwas zu erkennen. Ob Jack ebenfalls Ausschau hielt? Lizzy hob den Kopf und schaute sich suchend nach ihm um. Doch Jack war bei Mr Treleaven im

Ruderhaus; Lizzy konnte sie durch das Fenster zusammen reden und lachen sehen. Sie stieß einen leisen Seufzer aus und wünschte sich, sie wäre ihrem Vater etwas ähnlicher und würde sich weniger Sorgen machen. Sie hatten den Hafen noch kaum hinter sich gelassen und mehr als genug Zeit.

7. Kapitel

Doch auch als sie die eindrucksvollen Klippen von Land's End erreicht hatten, die rechts von ihnen lagen – auf der Steuerbordseite, wie Lizzy inzwischen gelernt hatte –, war von Kes oder den Delfinen noch immer nichts zu sehen.

Rose wollte unbedingt ein Sonnenbad nehmen, aber das war an Bord eines Fischkutters alles andere als einfach. Sie hatte Lizzy schon vorgejammert, dass es kein einziges Fleckchen gab, an dem man sich der Länge nach ausstrecken konnte, ohne mit dem Kopf, den Knien oder Ellbogen gegen Lukendeckel, Fischereizubehör oder irgendwelche angeschraubten Metallstücke zu stoßen, die man nicht zur Seite schieben konnte. Schließlich löste sie das

Problem, indem sie ein kleines Schlauchboot über eine Luke legte. Paul hatte gelacht, als er sie sah, das Hänseln aber inzwischen aufgegeben und sich zu Lizzy an die Reling gestellt.

»Siehst du den Leuchtturm dort auf der Steuerbordseite?«, sagte er und zeigte darauf. »Es ist der Longships. Nachts kann man sein Licht bis zu zwanzig Meilen weit sehen.«

Lizzy betrachtete den einsamen Turm in der Ferne und lächelte. »Er sieht etwas anders aus als der kleine Leuchtturm bei uns zu Hause.«

»Da hast du recht! Und ganz oben gibt es sogar einen Hubschrauberlandeplatz. Kannst du dir vorstellen, wie unser Turm mit so etwas aussehen würde?«

Sie lachte und drehte sich zu ihrer Schwester um. »Hast du gehört, Rose? Dort drüben steht ein Leuchtturm, auf dessen Dach ein eigener Hubschrauberlandeplatz ist!«

»Aha, schön«, kommentierte Rose. Ihre Stimme klang so merkwürdig, dass Lizzy sich ganz umdrehte. »Rose? Alles okay mit dir?«

Rose hatte sich aufgesetzt und die Arme um ihre angezogenen Knie geschlungen. Sie war ganz blass und im ersten Moment reagierte sie nicht. Dann sagte sie: »Nein, mir ist total schlecht.«

»Oh, oh«, sagte Paul. »Sie ist seekrank.« Er wandte sich von der Reling ab und ging zu ihr. »Steh auf, Rose. Wenn du hier sitzen bleibst, wird es nur noch schlimmer. Am besten, du richtest dein Gesicht in den Wind und die Augen auf den Horizont.«

Er versuchte, Rose aufzuhelfen, doch sie stöhnte nur und schüttelte den Kopf. »Neeein. Ich möchte mich hinlegen …«

»Gut, aber nicht hier. Komm, ich bringe dich nach unten, dort kannst du dich auf eine der Kojen legen. Packst du mit an, Lizzy?«

Zu zweit schafften sie es, Rose aus dem Schlauchboot zu hieven und zu der kleinen Treppe zu bringen, die nach unten in die Mannschaftskabine führte. Jack und Mr Treleaven schauten herüber und Mr Treleaven kam aus dem Ruderhaus geeilt.

»Seekrank?« Er beäugte Rose mitfühlend. »So ein Pech, Rose! Leg sie in die mittlere Koje, Paul; dort merkt man das Schaukeln am wenigsten. Und gib ihr eine Tablette gegen Übelkeit, sie müssen im Erste-Hilfe-Kasten sein.« Er machte eine kurze

Pause und verzog das Gesicht. »Und stell ihr besser auch einen Eimer hin!«

»Will aber keine Tablette oder Eimer …«, murmelte Rose. »Ich will nur noch *sterben* …«

Mit vereinten Kräften schleppten Paul und Lizzy die arme Rose die Stufen hinunter und in die Kabine, wo sie es ihr so gemütlich machten, wie es unter diesen Umständen möglich war. Lizzy hatte das Gefühl, sie müsse bei ihrer Schwester bleiben, doch Paul schüttelte den Kopf.

»Ihr geht es so schlecht, dass sie gar nicht merkt, ob jemand da ist oder nicht«, sagte er. »Wenn wir sie allein lassen, schläft sie vielleicht ein, und das wäre das Beste. Glaub mir, ich weiß, wovon ich rede; als ich anfing, mit meinem Vater zum Fischen zu fahren, wurde ich während der ersten sechs Monate ständig seekrank.«

Lizzy musste sich eingestehen, dass sie tatsächlich viel lieber wieder an Deck ging, und sie sagte sich, dass sie Rose ja nicht wirklich im Stich ließ. Ehrlich gesagt kam ihr Roses Seekrankheit wie gerufen. Es war die ideale Lösung für ihr größtes

Problem – und Jack war offenbar derselben Meinung.

»Mach dir keine Vorwürfe«, versicherte er ihr, als sie durch die Bodenluke wieder an die frische Luft gekrochen kam. »Es wäre sowieso passiert und jetzt ist sie fürs Erste aus dem Weg.«

»Stimmt.« Lizzy hatte zwar noch ein paar Gewissensbisse, versuchte aber, nicht daran zu denken. »Hast du Kes oder die Delfine schon gesehen?«, fragte sie leise.

Er schmunzelte. »Geh mal nach vorn und schau über die Reling.«

Sie lief über das Deck zum Bug. Tatsächlich: Da waren sie – fünf Delfine, die vor dem Trawler herschwammen und immer wieder übermütig aus dem Wasser sprangen. An dem silbernen Streifen konnte Lizzy Arhans erkennen, die das Grüppchen anführte, und ihr Herz begann vor Aufregung zu rasen.

»Sie wissen, wohin wir fahren müssen«, sagte Jack, der jetzt neben ihr stand. »Wir brauchen ihnen nur zu folgen.«

Ihnen folgen … Lizzy schaute fragend zum Ruderhaus. Mr Treleaven stand am Steuer. Er machte ein undurchdringliches Gesicht, und sie dachte: Folgt er tatsächlich den Delfinen? Hatte Jack ihn eingeweiht? War es möglich, dass er von Kes wusste oder gar davon, was sie vorhatten?

Jack sah ihren fragenden Blick und genau wie vorhin schon legte er nur lächelnd einen Finger an die Lippen. Dann drehte auch er sich zum Ruderhaus und nickte Mr Treleaven zu. Pauls Vater nickte bestätigend und rief nach Paul, der auf dem Achterschiff war und das Schleppnetz überprüfte.

»Paul! Das Netz kann warten, Junge, wir werden es vorläufig nicht auswerfen. Mir ist gerade etwas eingefallen: Ich hab vergessen, die Membran in der Bilgenpumpe auszutauschen, die verrückt spielt. Geh runter und kümmere dich darum, sei so gut. Und bleib eine Weile unten, wenn du fertig bist, um zu sehen, ob sie auch funktioniert.«

»Okay, Dad.« Paul ging zu der kleinen Treppe. »Will noch jemand Tee?«

»Nicht jetzt. Sieh lieber noch mal nach Rose.«

Paul verschwand, und Lizzy dachte: *Also weiß Mr Treleaven Bescheid.* Es war offensichtlich, dass Paul absichtlich nach unten geschickt wurde, damit er nicht sah, was gleich passieren würde. Sie schaute wieder auf Mr Treleaven, doch sein Gesichtsausdruck war so undurchdringlich wie eh und je, als er nun vor sich aufs Meer blickte und seinen Trawler steuerte.

»Kes habe ich noch nicht gesehen«, sagte Jack leise. »Aber er ist sicher auch da. Ich denke, du kannst Arhans sagen, dass die Luft rein ist und Kes an die Oberfläche kommen kann.«

Lizzys Magen schlug einen Purzelbaum. Aber nicht, weil sie seekrank gewesen wäre. Sie ging an die Reling, an eine Stelle, von der aus sie die Delfine gut sehen konnte, und winkte ihnen zu. Arhans wendete blitzschnell und kam zum Trawler zurückgeschwommen. Innerhalb von Sekunden war sie direkt unterhalb von Lizzy und blickte mit ihren dunklen Augen zu ihr hoch.

»Arhans!« Lizzy lehnte sich über die Reling. »Sag Kes bitte, er kann heraufkommen!«

Arhans pfiff so laut, dass der Pfiff die Geräusche des Meeres und sogar das Dröhnen des Bootsmotors übertönte. Mit einem eleganten Schnippen ihrer Schwanzflosse tauchte sie unter Wasser und verschwand. Lizzy wartete und ertappte sich dabei, dass sie gespannt die Sekunden zählte. Dann endlich tauchte Arhans wieder auf und Kes war bei ihr.

»Lizzy!«, rief er und winkte ihr aufgeregt zu. »Wir sind kurz vor dem Tor. Bist du bereit?«

»Ja!«, rief Lizzy zurück.

»Dann komm!«

»Moment noch.« Jack griff nach Lizzys Arm. »Warte, bis der Kutter etwas abgebremst hat.« Wieder blickte er zu Mr Treleaven am Steuer, dessen Hand zu den Steuerhebeln ging, als ob es zwischen den beiden Männern eine telepathische Verbindung gäbe. Das rhythmische Stampfen veränderte sich, das Dröhnen wurde leiser und Lizzy fühlte das Deck unter ihren Füßen vibrieren, als der Trawler allmählich an Geschwindigkeit verlor. Das schäumende weiße Kielwasser wurde weniger und Jack fasste noch einmal nach Lizzys Arm.

»Okay. Passt gut auf euch auf, ihr zwei – und viel Glück!«

Lizzy hatte Shorts und T-Shirt abgelegt und stand nun im Neoprenanzug da. Sie berührte kurz das Amulett, das sie um ihren Hals trug und in dem die silberne Perle versteckt war. Bei dem Gedanken, was sie und Kes gleich tun mussten, klopfte ihr das

Herz bis zum Hals. Sie waren schrecklich weit weg vom Land; das Meer sah so riesig und tief aus … Plötzlich bekam sie Panik und dachte: *Ich schaffe es nicht! Ich hab viel zu viel Angst!*

Sie drehte sich zu Jack. »Ich wünschte, du könntest mitkommen.«

»Ich auch.« Sein Gesicht war sehr ernst. »Aber es geht leider nicht. Es ist besser, wenn Taran nichts von meiner Rückkehr erfährt. Und außerdem bin ich bloß ein gewöhnlicher Mensch, vergiss das nicht. Nur dank Königin Karas magischer Kräfte konnte ich immer für eine gewisse Zeit unter Wasser leben, wie du und Kes. Aber diese Magie ist längst erloschen, und nur jemand, der über dieselben Zauberkräfte verfügt wie die ehemalige Königin, könnte sie wieder heraufbeschwören.« Er lächelte betrübt. »Und ich kann mir nicht vorstellen, dass Taran mir diesen Gefallen täte – oder?«

Lizzy nickte und nahm all ihren Mut zusammen. Kes und sie mussten es allein schaffen! Sie durfte sich nicht von ihrer Angst überwältigen lassen. Es ging schließlich um Morvyr …

Sie fiel Jack kurz um den Hals und drückte sich an ihn. Dann stieg sie auf die Reling, stand sprungbereit da und holte tief Luft, ehe sie entschlossen absprang.

Jack sah Lizzy ins Wasser eintauchen und verschwinden. Arhans tauchte ebenfalls unter, während Kes' Kopf sich noch mit den Wellen auf und ab bewegte. Er lächelte, als Jack den Daumen hochhielt und ihm aufmunternd zunickte. Dann verschwand er ebenfalls unter Wasser. Jack starrte auf die Stelle, wo seine Kinder bis eben noch gewesen waren, bis er einen Ruf hörte.

»Jack!« Mr Treleaven hatte das Fenster des Ruderhauses geöffnet und schaute heraus. »Wir sollten das Schleppnetz langsam fertig machen … um den Schein zu wahren. Oder?«

»Du hast recht, Jeff!«, sagte Jack. Und nach einem letzten Blick auf das Meer ging er nach hinten zum Achterschiff.

8. Kapitel

Das Wasser war noch kälter als erwartet. Lizzy hielt erschrocken die Luft an, als sie in das blaugrüne Wasser eintauchte. Dann spürte sie Kes' Hand an ihrem Arm, und als sie den Kopf drehte, sah sie ihn neben sich.

»Es ist ja … *eisig*!«, stammelte sie und sah Luftblasen aus ihrem Mund nach oben steigen.

»Ja, ich weiß«, sagte Kes. »Weil wir so weit weg sind vom Land. Kannst du es aushalten?«

»J-ja … ich denke schon. Mir ist nur kalt am Kopf und an den Händen, wo kein Neoprenanzug ist …« Sie schauderte und trat auf der Stelle. »Wenn wir erst richtig sch-schwimmen, wird mir sicher wieder warm.«

Die Delfine hatten sich inzwischen um sie geschart, und Arhans stupste Lizzy sachte mit dem Schnabel an, als wollte sie ihr Mut machen.

»Es ist nicht mehr weit«, sagte Kes. »Komm – schwimmen wir los, bevor ich Panik kriege.«

Er griff nach ihrer Hand, holte mit seiner Schwanzflosse Schwung und zog Lizzy mit sich durchs Wasser. Die Delfine schwammen links und rechts von ihnen. Für Lizzy war es noch etwas ungewohnt, ihren Bruder in seiner Meerjungengestalt zu sehen. Und noch ungewohnter war die Vorstellung, dass auch sie sich wie er verwandeln könnte, wenn sie nur den vergessenen Schalter in ihrem Kopf fände. Dann wäre sie eine Meerjungfrau mit einem Fischschwanz! Sie hatte es bereits versucht, doch es hatte nicht geklappt. Schade, denn im Moment hätte sie sich wesentlich wohler gefühlt, wenn sie so schnell und kraftvoll hätte schwimmen können wie Kes.

Sie versuchte, nicht daran zu denken, als sie durch das Wasser flitzten. So weit draußen gab es mächtige Strömungen, die Lizzy mit sich reißen wollten, und sie war heilfroh, dass Kes sie an der Hand hielt. Er zog sie nicht nur vorwärts, sondern auch tiefer, und das von oben herabfallende Licht wurde immer spärlicher. Inzwischen schwammen sie fast blind. Doch Arhans wusste genau, wo sie waren, und es dauerte nicht lange, bis Lizzy undeutlich die Umrisse eines Riffs vor sich sah.

Die Felsen ragten nach oben wie die Fangzähne eines kuriosen Seemonsters, wie Lizzy beim Näherkommen dachte. Sie waren mit dichtem Seetang bewachsen, in dem alle möglichen Kreaturen herumhuschten. Lizzy glaubte, ein merkwürdiges, blauschwarzes Tierchen in einer Felsspalte verschwinden zu sehen, doch für längeres Hinsehen war keine Zeit. Die Delfine führten Kes und sie ein Stück weiter, zu einer Stelle, wo sich inmitten der steinernen Fangzähne eine flache Vertiefung befand. Arhans betastete sie mit ihrer Schnauze, gab einen Pfiff von sich, und Kes sagte: »Sie sagt, wir sind da. Am silbernen Tor.«

Lizzy beäugte den Felsen argwöhnisch. »Für mich sieht es wie ein ganz normaler Felsen aus. Ist sie sich ganz sicher, dass wir hier richtig sind?«

»Arhans täuscht sich nie.«

»Und wie sollen wir das Tor öffnen?«

»Keine Ahnung.« Kes fröstelte. »Taran hat nur

gesagt, wir müssten die Perle mitbringen. Vielleicht ... *oh!*«

Seine Worte endeten in einem erschrockenen Keuchen, als plötzlich eine riesige schwarze Gestalt vor ihnen aus der Dunkelheit auftauchte. Lizzy schluckte, als sie den langen, schlangenartigen Körper des gefürchteten Riesenaals Tullor erkannte. Die Delfine wollten sich auf ihn stürzen, doch Tullor hielt sie sich mit einem wütenden Schnarren vom Leib: »Zurück! Ich bin im Auftrag Ihrer Majestät unterwegs! Wehe dem, der mich auch nur berührt!« Seine kalten, bösen Augen bohrten sich in die von Lizzy und Kes, und als er das Maul aufriss, blitzten mehrere Reihen spitzer, scharfer Zähne auf. »Ich bin gekommen, um euch zu Königin Taran zu bringen. Schickt eure naseweisen Freunde weg – und zwar dalli! Ihre Majestät wartet nicht gern!«

Arhans schnatterte verärgert, doch Kes hielt beschwichtigend eine Hand hoch. »Es ist gut, Arhans. Lizzy und ich müssen es allein hinter uns bringen. Danke, dass ihr uns begleitet habt. Aber jetzt geht.« Er rang sich ein Lächeln ab und gab sich mutiger, als er sich fühlte. »Wir sind sicher bald zurück!«

Arhans und ihre Freunde waren alles andere als erfreut, fügten sich jedoch. Langsam schwammen sie rückwärts, machten dann alle im gleichen Moment eine Kehrtwendung und flitzten davon. Sobald sie im dunklen Wasser am Meeresgrund verschwunden waren, zischte Tullor zufrieden.

»Du bist ein vernünftiger Junge, Kesson«, sagte er genüsslich, ehe er Lizzy ins Visier nahm, die unter seinem Blick erschauerte. »Nun zu dir, Lizzy«, fuhr er fort. »Freut mich, dich wiederzusehen. Und die Königin wird sich noch mehr über dein Kommen freuen – *falls* du die silberne Perle mitgebracht hast!«

Lizzy musste all ihren Mut zusammennehmen, um seinem Blick standzuhalten. »Ja, ich habe sie mitgebracht«, sagte sie.

»Gut. Tut jetzt genau, was ich euch sage. Dann bringe ich euch zu Ihrer Majestät.« Tullor schwamm zu der Vertiefung im Felsen und drehte sich dann wieder zu ihnen um. »Herkommen!«, befahl er.

Lizzy spürte, wie Kes ihre Hand drückte, als sie gemeinsam auf die Vertiefung zuschwammen. »So, jetzt hol die Perle aus ihrem Versteck und halte sie nach unten zum Portal!«, schnarrte der Riesenaal.

Lizzy zögerte, doch Kes sagte: »Tu es, Lizzy. Er will uns nicht hereinlegen. Er hat viel zu viel Angst vor der Königin.«

Tullor fletschte wütend die Zähne, doch Lizzy war beruhigt. Sie ließ das Amulett aufspringen, das sie um den Hals trug, und strich behutsam über die Innenfläche. Das Geheimfach sprang auf und ein silbernes Licht flutete durch Lizzys Finger.

Tullors Augen glitzerten vor Gier. *»Ja!«,* knurrte er zufrieden. »Halte sie über das Portal! Schnell!«

Lizzy nahm die Perle zwischen Daumen und Zeigefinger und streckte die Hand aus, bis sie direkt über der Mitte der Vertiefung war. Plötzlich leuchtete auch am Boden der Vertiefung ein ganz ähnliches silbernes Licht auf. Es verschmolz mit dem Lichtschein der Perle und ließ die unterseeische Dämmerung in einem Glanz erstrahlen, der Kes und Lizzy wie Gespenster aussehen ließ. Lizzy hatte das Gefühl, als würde sich in ihren zur Faust geballten Fingern etwas winden, fast so, als hielte sie etwas Lebendiges in der Hand.

»Kes, die Perle! Ich glaube, sie will weg von mir!«

»Halte sie fest!«, riet Kes eindringlich. »Was auch immer passiert, lass sie auf keinen Fall los!«

Das silberne Licht war inzwischen so grell, dass Lizzy sich ihre freie Hand vor die Augen halten musste. Die Helligkeit begann zu wirbeln und sich zu drehen, bis das Licht wie ein großer silberner Kreisel aussah. Dieser Kreisel dehnte sich aus, packte Lizzy, Kes und Tullor und drehte sie allesamt im Kreis. Lizzy spürte, wie sie zuerst herum- und dann nach unten gerissen wurde. Sie drehte sich mehrmals um die eigene Achse und ruderte hilflos mit den Armen, bevor sie in die Vertiefung gezogen wurde.

Kes, der schon einmal in Tarans unterseeischer Höhle gewesen war, wusste, was ihn erwartete, doch für Lizzy war es ein erschreckendes Erlebnis, in das Eingangsportal gezogen zu werden. Sie wusste, dass sie schrie, konnte ihren eigenen Schrei aber wegen des Rauschens und Dröhnens nicht hören, mit dem sie nun alle drei in den magischen Schlund gezogen wurden. Der Horror wollte und wollte kein Ende nehmen, und Lizzy dachte schon, er würde niemals aufhören. Dann aber wurden sie und ihre beiden Begleiter mit einem gewaltigen Schwall ausgespuckt und fanden sich an der Oberfläche des Teichs in der Regenbogenhöhle wieder.

»Aaaaah …!« Als Lizzy merkte, dass sie unbeschadet an der Oberfläche eines Teichs auf und ab schaukelte, verstummte sie abrupt. Erstaunt blickte sie sich um und sah etliche farbige Spiegel und über die Wände huschende Lichtbündel in allen Farben des Regenbogens. Doch sie war noch zu mitgenommen, um irgendetwas von all dem zu begreifen.

»Lizzy!« Kes kam zu ihr geschwommen. »Alles in Ordnung?«

Sie schluckte und rang nach Atem. »J-ja … ich denke schon … Was war los?«

»Wir haben das Tor passiert.«

Da hörten sie über sich eine Stimme sagen: »In der Tat.«

Lizzy zuckte erschrocken zusammen. In ihrer ersten Verwirrung hatte sie den Felsvorsprung am anderen Ende des Teichs nicht gesehen. Doch als sie nun aufblickte, schnappte sie erschrocken nach Luft.

Taran thronte wie üblich auf ihrer Felsencouch und wirkte königlicher als je zuvor. In ihrem Umhang aus Seetang schimmerte das Perlmutt winziger Muscheln, auf dem Kopf trug sie ein goldenes

Diadem. Sie sah so majestätisch und Ehrfurcht gebietend aus, dass Lizzy sehr beeindruckt war.

Taran lachte, als sie sah, was für ein Gesicht Lizzy machte. »Schön, dich wiederzusehen, Kesson«, sagte sie mit honigsüßer Stimme. »Und du bist Tegenn, richtig?«

»Sie heißt jetzt Lizzy«, sagte Kes. Auf Tullors warnendes Zischen hin fügte Kes hastig »Majestät«, hinzu.

»Ach ja?« Taran lächelte. »Wie *menschlich* das klingt! Aber andererseits ist sie ja auch keine von uns.« Ihre smaragdgrünen Augen glitzerten, als sie Lizzy eingehend musterte. »Oder, meine Kleine?«

Lizzy schluckte nur, gab aber keine Antwort und das Lächeln der Königin verschwand.

»Wenn ich mit dir rede, Tegenn – oder meinetwegen auch Lizzy, wenn dir das lieber ist –, hast du gefälligst zu antworten. Also sprich: Meerjungfrau oder Menschenmädchen? Was bist du denn nun?«

Kes dachte wütend: *Sie macht sich einen Spaß daraus, Lizzy einzuschüchtern.* Doch Lizzy hatte sich inzwischen wieder einigermaßen gefasst und sagte mit einer Stimme, die nur ganz leicht bebte: »Ich denke, ich bin beides, Majestät.«

»Beides? Nun ja, kann sein. Aber soweit ich sehe, hast du kaum etwas von einer Meerjungfrau an dir. Allerdings …« Sie legte ihren Kopf schief und beäugte Lizzy erneut sehr eingehend. »Es gibt tatsächlich gewisse Ähnlichkeiten mit deiner Mutter. Nur dass du nicht ganz so hübsch bist. Aber gut, andererseits … verglichen mit mir ist Morvyr natürlich auch eher unansehnlich und langweilig. Hab ich recht?«

Lizzy klopfte das Herz bis zum Hals. »Ihr seid … wunderschön, Majestät.«

Taran lachte geschmeichelt auf. »Deine Schwester hat wahrlich bessere Manieren als du, Kesson! Doch wie dem auch sei – ich habe euch nicht kommen lassen, um zu sehen, wie höflich oder unhöflich ihr seid. Ihr habt die silberne Perle mitgebracht. Das weiß ich, denn sie allein kann das Portal öffnen, durch das ihr gerade gekommen seid. Sprich, Lizzy: Wo ist die Perle?«

Lizzy zögerte zuerst, hob dann aber ihre geschlossene Hand. »Hier … Majestät.«

»Zeig her!«

Langsam und widerwillig öffnete Lizzy ihre Finger, um der Königin die silberne Perle zu zeigen.

Tarans grüne Augen blitzten gierig auf, und sie stieß einen tiefen Seufzer der Erleichterung aus, als sie sich vorbeugte und die Augen aufriss, als könne sie noch nicht glauben, was sie sah. Tullor zischte, was die Königin aus ihrer Verzückung riss.

»Lass uns allein!«, fauchte sie ihn an. »Ich werde dich rufen, wenn ich dich wieder brauche!«

Der Aal senkte gehorsam den Kopf. »Wie Euer Majestät wünschen«, schnarrte er. Dann glitt er nach einem letzten, schadenfrohen Blick auf Lizzy und Kes schnell unter die Wasseroberfläche und verschwand.

Taran starrte nun wieder auf die Perle. Ein Lächeln breitete sich auf ihrem Gesicht aus und sie lachte leise auf. »Komm her, Lizzy. Gib mir die Perle!«

Lizzy wollte auf die Felsencouch zuschwimmen, doch nach dem ersten Schwimmzug hielt sie inne. Konnte man Taran trauen? Würde sie Morvyr dann auch wirklich freilassen? Sie brauchte unbedingt noch eine Bestätigung, ehe sie ihr einziges Pfand aus den Händen gab.

Deshalb sagte sie: »Zuerst möchte ich Mutter sehen.«

Taran blinzelte. »Wie?«

»Ich will unsere Mutter sehen.« Kes zwickte sie warnend, doch Lizzy achtete nicht darauf. Jetzt, wo Tullor weg war, fühlte sie sich etwas wohler und hielt Tarans zornigem Blick besser stand. »Das ist nur fair.«

»Fair?«, wiederholte Taran aufgebracht. *»Fair?* Fair wäre es, wenn ich eure Mutter für den Rest ihres Lebens einsperren würde, weil sie mir damals die Perle gestohlen hat!«

»Das hat sie ni… *Autsch*!«, quiekte Lizzy, weil Kes sie diesmal richtig fest gezwickt hatte.

Noch ehe sich Lizzy wieder gefasst hatte, sagte Kes übereifrig: »Bitte, Majestät, nehmt es Lizzy nicht übel! Sie wollte nicht unhöflich sein und es tut ihr sehr, sehr leid. *Nicht wahr, Lizzy?*« Er zwickte sie nun schon zum dritten Mal und fügte demütig hinzu: »Es ist nur so, dass sie sich große Sorgen um Mutter macht. Wir beide …«

Sein Trick hatte die erhoffte Wirkung. Taran zögerte, doch dann machte ihr wütender Gesichtsausdruck einem herablassenden Grinsen Platz.

»Na gut«, sagte sie. »Dann will ich mal Gnade vor Recht ergehen lassen. Und weil ich so großherzig und gnädig bin, dürft ihr eure Mutter sehen, bevor ihr mir die Perle gebt. Sie ist ganz in der Nähe, und wenn mich nicht alles täuscht, sieht und hört sie alles mit an!« Triumphierend streckte sie einen Arm aus und deutete an den Kindern vorbei auf den indigoblauen Spiegel. »Da ist sie!«

Das Wasser hinter dem Spiegel begann zu blubbern und wurde etwas durchsichtiger. Und die Kinder sahen, dass sich Morvyr hinter dem Spiegel befand. Als Kes sie das letzte Mal gesehen hatte, hatte sie infolge eines Schlafzaubers reglos im Wasser geschwebt und nicht bemerkt, was um sie herum vor sich ging. Jetzt aber war sie hellwach. Sie drückte das Gesicht und beide Hände an das Spiegelglas. Ihre grauen Augen waren weit aufgerissen, als sie nun auf ihre Kinder starrte.

»Mutter!«, rief Lizzy. Morvyr bewegte aufgeregt die Lippen, doch es war kein Geräusch zu hören, und Lizzy schaute Taran fragend an.

»Ihr könnt sie nicht hören«, erklärte ihr die Königin. »Aber sie kann euch hören. Sobald ich die Perle habe, lasse ich sie frei. Also, gib sie mir endlich!«

Morvyr schüttelte verzweifelt den Kopf. Sie rief

etwas, und Lizzy konnte sehen, dass ihre Lippen immer wieder ein energisches »Nein!« bildeten.

»Tut mir leid, Mutter«, rief sie zurück. »Aber du bist uns wichtiger als die Perle! Ich *muss* sie der Königin geben!«

Lizzy schwamm auf den Felsvorsprung zu, auf dem Taran saß, und streckte die Hand aus. Wieder hatte sie das Gefühl, als würde sich die silberne Perle drehen und winden – fast so, als würde sie Widerstand leisten. Mit einem breiten, zufriedenen Lächeln beugte sich Taran herab, nahm die Perle aus Lizzys Hand und hielt sie hoch.

»Ahhh!« Ihr zufriedenes Seufzen hallte durch die Höhle. »So viele Jahre habe ich auf diesen Augenblick gewartet! Endlich gehört die silberne Perle wieder ihrer rechtmäßigen Besitzerin!«

9. Kapitel

Hinter dem Spiegel brach Morvyr in Tränen aus und Lizzy hätte am liebsten mitgeweint. Sie fühlte sich wie eine Verräterin, weil sie gegen den Wunsch ihrer Mutter gehandelt und Taran die Perle gegeben hatte. Aber sie hatte einfach keine andere Wahl gehabt.

Kes schwamm zu ihr zum Felsen und legte ihr tröstend einen Arm um die Schultern. »Es war in Ordnung«, sagte er. »Du konntest nichts anderes tun. Mutter wird es verstehen.« Er blickte zu Taran hinauf, die ganz in die Betrachtung der Perle vertieft war und sie behutsam betastete. »Bitte, Majestät, kommt unsere Mutter jetzt frei?«

»Was?« Tarans Interesse an den Zwillingen war

erloschen und sie blickte unwirsch auf. Dann besann sie sich wieder und ihr Gesichtsausdruck wurde etwas milder. »Aber natürlich, Kesson. Versprochen ist versprochen, oder? Eine Königin hält ihr Versprechen *immer.* Außerdem ... wozu brauche ich sie jetzt noch?«

Ein honigsüßes Lächeln umspielte ihre Lippen, von dem Lizzy eine Gänsehaut bekam. Sie traute dieser Meerjungfrau nicht über den Weg. *Wozu brauche ich sie jetzt noch ...* Lizzy kannte die Antwort auf diese Frage. Die plötzliche Freundlichkeit war geheuchelt, denn es gab nur einen Grund, warum Taran sie alle gehen lassen würde: Sie hoffte, dass sie sie zur schwarzen Perle führen würden.

Taran wandte sich erneut zum indigoblauen Spiegel und machte eine lässige Handbewegung. Die Oberfläche des Spiegels begann zu vibrieren und löste sich dann unvermittelt auf. Ein enormer Wasserschwall platschte heraus, und es klang, als ob eine Riesenwelle an den Strand donnerte. Morvyr wurde mit diesem Schwall herausgespült und wirbelte hilflos durch die Luft, ehe sie an den Felsvorsprung schlug, daran abprallte und schließlich, wild mit den Armen und der Schwanzflosse um sich schlagend und mit wehenden Haaren, im Teich landete. Das Wasser spritzte in alle Richtungen.

»Mutter!« Kes schwamm auf seine Mutter zu, dicht gefolgt von Lizzy. Sobald Morvyrs Kopf aus dem Wasser auftauchte, fielen ihr die Zwillinge um den Hals.

»Mutter, oh Mutter!«

»Bist du verletzt?«

»Ich bin … Mit mir ist alles in Ordnung.« Morvyr versuchte noch, ihr Gleichgewicht zu finden, und starrte sie benommen an. In ihren Augen schimmerten Tränen. »Oh, Kinder, was habt ihr getan?«

»Tut uns leid, Mutter, aber es ging nicht anders«, sagte Kes. »Die Königin hat gesagt, wenn wir ihr die Perle nicht geben, würden wir dich nie mehr wiedersehen!«

Die drei versuchten, sich alle gleichzeitig zu umarmen, doch beim Klang von Tarans Stimme drehten sie ihre Köpfe.

»Was für eine reizende Familienzusammenführung!«, rief die Königin spöttisch und sehr gedehnt. »Also wirklich, Morvyr, du solltest dich bei deinen Kindern bedanken, statt mit ihnen zu schimpfen! Schließlich haben sie dir das Leben gerettet!«

Morvyrs Augen glühten vor Zorn, doch sie versuchte, ihren Zorn zu verbergen. »Dafür bin ich ihnen tatsächlich dankbar, Majestät! Aber nicht für die Art und Weise, wie sie dazu gezwungen wurden!«

Taran lachte. »Im Gegensatz zu dir sind sie vernünftig genug, mir zu gehorchen. Und jetzt, wo ich endlich auch die achte Perle habe, ist meine Macht noch größer als zuvor. Ihr drei seid mir jetzt nicht mehr von Nutzen, deshalb könnt ihr gehen. Ich werde euch durch das silberne Tor zurückschicken … Aber bevor ich das tue, wollt ihr sicher noch miterleben, wie die silberne Perle an ihren angestammten Platz zurückkehrt.«

Mit einem triumphierenden Lächeln nahm sie das goldene Diadem von ihrem Kopf. Sie hielt die silberne Perle an eine der beiden leeren Vertiefungen und setzte zu einem geflüsterten Sprechgesang an, der leise durch den Höhlenraum drang:

»Sieben ihr wart, acht ihr nun seid,
Bis zur neunten ist's nicht mehr weit.
Heil wird die Krone dann wieder sein,
durch die Kraft von Mond und Meer – ganz mein.«

Die sieben Perlen in dem Diadem begannen zu leuchten und zu strahlen und Morvyr stieß einen gequälten Seufzer aus.

»Ruhe!«, fauchte Taran. Morvyr schlug sich die Hände vors Gesicht, sagte aber nichts mehr, und Taran setzte ihren Singsang fort.

»Untertan seid ihr mir, einmal, zweimal
Und mit dem Zeichen gleich dreimal.
Ist die Krone dereinst wieder ganz,
erstrahlt meine Macht in vollem Glanz!«

Eine Perle nach der anderen begann abwechselnd zu strahlen, genau im selben Moment wie der gleichfarbige Spiegel. Rot – Orange – Gelb – Grün – Blau – Indigoblau – Violett: Man kam sich vor wie im Herzen eines Regenbogens und Kes und Lizzy bekamen vor Staunen den Mund nicht mehr zu. Und während das wilde Farbspiel zu verblassen begann, zuckte auf einmal ein achter und sehr viel grellerer Lichtblitz durch die Höhle. Er war so strahlend hell, dass sie einen Moment lang richtig geblendet waren. Und als sie wieder normal sehen konnten, sahen sie, dass einer der beiden bisher trüben Spiegel zu glänzen begonnen hatte, in einer Farbe, die wie geschmolzenes Silber aussah.

»Nein …«, stammelte Morvyr. *»Oh nein …«*

Taran hielt ihr Diadem hoch. Die silberne Perle saß wieder in der Fassung, schmiegte sich so perfekt in die kleine Vertiefung, als wäre sie schon immer dort gewesen. Alle acht Perlen glühten sanft und ihre Farben wurden von den acht glänzenden Spiegeln reflektiert. Nur ein einziger Spiegel war noch dunkel und leer.

»Fertig«, verkündete Taran. Sie blickte auf die drei Personen im Teich und ihr grausamer Gesichtsausdruck verhieß nichts Gutes. »Ihr könnt in euer Heim und zu eurem Leben zurückkehren. Aber vergesst *keine Sekunde*, dass ich eure Königin bin. Und sobald ich auch die schwarze Perle besitze – was sicher recht bald der Fall ist –, wird nichts und *niemand* mir meine Macht mehr streitig machen oder meine Herrschaft anfechten können!«

Zärtlich strich sie über die silberne Perle. Dann hob sie eine Hand und deutete auf den Mittelpunkt des Teichs.

Das Wasser begann zu blubbern und zu sprudeln, als genau in der Mitte eine Fontäne aus der Tiefe heraufschoss. Sie packte Lizzy, Kes und Morvyr und riss sie, wirbelnd und strudelnd, mit sich. Sie wurden nach unten gezogen, tiefer, schneller und noch tiefer – und als Lizzy mit den anderen in den dunklen Tunnel des Portals gesaugt wurde, glaubte sie, Tarans entferntes Gelächter zu hören. Lizzys Sinne spielten verrückt. Sie hatte den Körperkontakt mit Morvyr und Kes verloren, wusste nicht mehr, wo oben oder unten, links oder rechts war. Sie wusste nur noch, dass sie wie in einer riesigen Waschmaschine herumgewirbelt wurde, in einem verrückten, wirbelnden Strudel, von dem sie glaubte, er würde niemals enden. Doch dann wurde sie unvermittelt und vor Angst laut schreiend aus dem Tor und ins offene Meer geschleudert.

Etliche Sekunden lang ruderte sie nur hilflos mit Armen und Beinen und wusste nicht, wie ihr geschah. Auf einmal rief jemand ihren Namen, und Morvyr war da, drückte sie an sich und half ihr, das Gleichgewicht wiederzufinden und sich wieder zu beruhigen.

»Oh, Mutter!« Lizzy klammerte sich an sie und versuchte, wieder ruhiger zu atmen. »Kes … Wo ist Kes?«

»Ich bin hier.« Kes klang recht zittrig und sein Gesicht wirkte totenblass in der unterseeischen Dunkelheit. Doch er war zum Glück unverletzt. Sie hatten alle drei nicht die kleinste Schramme abbekommen, was Lizzy wie ein Wunder vorkam.

Plötzlich hörten sie ein schrilles Geräusch, und als sie sich umblickten, sahen sie zwei Delfine näher flitzen. Arhans und ihre Gefährtin stießen einen erleichterten Pfiff aus, als sie bei ihnen ankamen, und betasteten und beschnüffelten Morvyr und ihre Kinder neugierig. Und als Arhans eine Botschaft ausrichtete, riss Morvyr ungläubig die Augen auf.

»Jack?«, stammelte sie. »Er ist *hier*?«

»Mutter, wir hatten noch keine Gelegenheit, es dir zu sagen!«, erklärte Kes. »Vater ist mit Lizzy hergekommen, auf einem Fischkutter – er erwartet uns oben.«

»Oh!« Morvyr strahlte wie ein Stern. »Wir müssen sofort zu ihm! Ich muss ihn sehen! Zeig uns den Weg, Arhans, bitte! Bring uns zu Jack!«

Arhans pfiff zustimmend und wandte sich um; Morvyr schwamm ihr nach, Kes und Lizzy folgten ebenfalls. Doch Morvyr und die Delfine legten so ein Tempo vor, dass Lizzy nicht mithalten konnte. Kes warf einen Blick über die Schulter nach hinten, sah, wie verzweifelt sich Lizzy abmühte, und kam zu ihr zurück.

»Immer mit der Ruhe«, versicherte er ihr. »Wir werden die anderen bald eingeholt haben. Komm!«

Lizzy war schrecklich enttäuscht. Sie wäre so gern dabei gewesen, wenn Morvyr und Jack sich nach all den Jahren wiedersahen. Wenn sie doch nur endlich wüsste, wie sie sich per Willenskraft in eine Meerjungfrau verwandeln könnte! Kes beherrschte es meisterhaft. Aber sie selbst konnte sich konzentrieren, sosehr sie wollte – es klappte einfach nicht!

Es wurde heller um sie herum, je näher sie der Wasseroberfläche kamen, und plötzlich tauchten ihre Köpfe ins helle Sonnenlicht und in den Wind ein. Kes berührte Lizzy an der Schulter und streckte einen Arm aus.

»Schau!«, sagte er leise.

Die *Regard* lag ungefähr dreißig Meter vor ihnen. Das kleine aufblasbare Schlauchboot, in dem Rose ihr Sonnenbad genommen hatte, war seitlich am

Trawler herabgelassen worden, und Jack kletterte gerade an der Außenbordleiter hinunter. Morvyr schwamm ihm entgegen, um ihn zu begrüßen, und die Kinder konnten über das rhythmische Stampfen des Bootsmotors hinweg hören, wie sie seinen Namen rief.

Lizzy war so gerührt, dass sich ihre Kehle zuschnürte. Sie erinnerte sich noch gut, wie unbeschreiblich und wunderbar es gewesen war, als sie Jack zum ersten Mal getroffen hatte. Um wie viel unbeschreiblicher und wunderbarer musste es für Morvyr nach so vielen Jahren sein?

Sie schaute zu Kes und wusste, dass er genau dasselbe dachte. Sie merkte, wie sich seine Finger mit ihrer Hand verhakten und er sie drückte.

»Komm«, sagte er. »Schwimmen wir etwas weiter weg. Ich denke, wir sollten ihnen einen Augenblick der Zweisamkeit gönnen, meinst du nicht auch?«

Lizzy nickte lächelnd. Jack saß inzwischen im Schlauchboot; er schaltete den Außenbordmotor an und lenkte das kleine Boot auf Morvyr zu. Lizzy und Kes ließen sich von der Strömung ein Stück mitziehen, bis sie von beiden Booten ausreichend weit weg waren. Als Jack bei Morvyr angekommen war, streckte er beide Arme nach ihr aus, und Lizzy musste blinzeln und schaute schnell weg – zur *Regard*. Niemand stand auf Deck, und sie konnte nicht sehen, ob Mr Treleaven noch im Ruderhaus war.

»Ich habe das sichere Gefühl, dass Mutter vergisst, dass sie noch sauer auf uns ist«, sagte Kes leise und grinste. Lizzy musste lachen. »Da könntest du recht haben.«

»Gönnen wir ihnen noch ein paar Minuten allein«, sagte Kes. »Dann schwimmen wir zu ihnen …«

10. Kapitel

Tief unter ihnen saß Taran am Rand des Regenbogenteichs und freute sich diebisch. Sie wusste, dass Tullor endlich zurückkommen wollte, damit er die silberne Perle sehen konnte, die nun wieder an ihrem angestammten Platz im Diadem saß. Aber er sollte warten. Sie wollte diesen Moment des Triumphes allein genießen.

Sie hatte sich das Diadem wieder vom Kopf genommen und drehte und wendete es in ihren Händen. Wie herrlich die Perlen glitzerten! Was für fantastische Farben es waren, die nun, zusammen mit dem Silber, noch besser zur Geltung kamen! Wie schön sie waren – und wie *mächtig*! Sie konnte förmlich spüren, dass das Diadem nun sehr viel mehr Kraft ausstrahlte, und das war ein herrliches Gefühl. Jetzt war sie fast unbesiegbar.

Eine Perle fehlte noch. Taran war sich sicher, dass Morvyr sie nicht hatte; ihre Höhle war mehrmals gründlich durchsucht worden – ohne Erfolg. Aber vielleicht wusste sie ja, wo die neunte Perle war. Taran hatte Morvyr und ihre Kinder gehen lassen, um Morvyr glauben zu machen, sie hätte jedes Interesse an ihr verloren. Dann wäre Morvyr vielleicht so dumm, sie zur wertvollsten aller Perlen zu führen – der schwarzen Perle!

Die selbst ernannte Königin der Meerjungfrauen drehte das Diadem nun so, dass sie die silberne Perle im Blickfeld hatte, weil ihr etwas eingefallen war. Die silberne und die schwarze Perle hatten besondere Eigenschaften. Sie konnten singen – Tullor hatte die silberne Perle singen gehört, als Morvyr sie den Zwillingen gezeigt hatte –, und wenn eine von ihnen sang und die andere Perle in der Nähe war, antwortete sie darauf!

Tarans grüne Augen weiteten sich. Sie hielt sich das Diadem dicht vors Gesicht und strich mit einem Finger behutsam über die silberne Perle.

»Sing!«, wisperte sie gespannt. *»Sing!«*

»Oh, Jack, ich kann es noch kaum glauben!« Morvyr weinte und lachte gleichzeitig. »Zuerst unsere Tochter und jetzt bist auch du zurückgekehrt! Unsere Familie ist endlich wieder vereint!« Doch dann wurde sie ernst. »Aber leider hat Taran nun die silberne Perle. Und wenn sie auch die schwarze –«

»Die wird sie nicht bekommen«, versicherte ihr Jack. »Sie weiß nicht, dass ich wieder hier bin, und selbst wenn, weiß sie nicht, dass ich sie habe.«

»Ist sie wirklich sicher aufbewahrt?«, fragte Morvyr.

»Oh ja.« Jack berührte das Amulett an seinem Hals – das Amulett, das er für Kes gemacht hatte. »Sie ist hier, wo sie schon war, als ich von euch fortging, um nach Lizzy zu suchen.«

Morvyr streckte eine Hand aus und berührte das Amulett ebenfalls. Sie saß neben Jack auf dem Rand des Schlauchboots und hatte einen Arm um seine Schultern gelegt. »Kann ich … sie mal sehen?«, fragte sie. »Damit ich mir ganz sicher sein kann.«

Er lachte leise. »Aber natürlich, mein Schatz. Ich kann dich verstehen. Sehen heißt glauben, nicht wahr?«

Er öffnete das Amulett und legte dann einen Finger auf einen ganz bestimmten Punkt im Inneren. Das Geheimfach sprang auf, und da lag sie: die schwarze Perle mit ihrem geheimnisvollen dunklen Glanz.

Morvyrs Gesicht leuchtete vor Erleichterung und Staunen. »Oh, wie froh ich bin!«, sagte sie. Dann schaute sie wieder Jack an und sagte eindringlich: »Weißt du, es gibt noch einen weiteren wichtigen Grund, warum Taran diese Perle unter keinen Umständen bekommen darf. Als ich bei ihr eingesperrt war …«

Sie verstummte abrupt und sie und Jack starrten verdutzt auf das Amulett.

Die schwarze Perle hatte begonnen zu singen. Ihr verführerischer, eindringlicher Klang schwoll an und übertönte das Wogen der Wellen und Morvyrs Freude verwandelte sich auf einen Schlag in blanke Angst.

»Oh nein!«, rief sie entsetzt aus. »Das ist Taran! *Schnell*, klapp das Amulett zu!«

Das hatte Jack bereits getan. Der Sington war sofort verstummt und er und Morvyr starrten sich erschrocken an.

»Sie muss der silbernen Perle befohlen haben zu singen!«, flüsterte Morvyr. »Und die schwarze Perle hat geantwortet! Wenn sie es gehört hat … *Oh nein*, warum habe ich das nicht bedacht? Wie konnte ich nur so leichtsinnig sein?«

»Das Amulett war doch nur ganz kurz offen«, sagte Jack. Er versuchte, sie zu beruhigen, doch sein Gesichtsausdruck verriet, dass auch er sich Sorgen machte. »Vielleicht war es so kurz, dass Taran es gar nicht gehört hat.«

»Aber falls doch, dann weiß sie jetzt, dass die schwarze Perle nicht weit weg ist. Und dann wird sie heraufkommen, um nach ihr zu suchen! Sie wird vor *nichts* zurückschrecken, um sie zu bekommen! Oh Jack, was sollen wir nur tun?«

In ihrer Höhle tief unter dem Meeresspiegel schienen Tarans smaragdgrüne Augen Feuer zu fangen, als plötzlich ein zweiter Summton anschwoll und von den Felswänden widerhallte.

»Sie muss ganz in der Nähe sein!« Tarans Stimme wurde schrill, als ihr klar wurde, dass es nur die schwarze Perle sein konnte, die auf den Ruf der silbernen Perle reagierte. Der zweite Summton

verstummte zwar schnell wieder – doch sie wusste genug!

»Tullor!«, schrie sie. *»Tullor!«*

Der Riesenaal hatte dicht unter der Wasseroberfläche des Teichs gelauert, und sobald er seinen Namen hörte, streckte er seinen hässlichen Kopf aus dem Wasser. »Majestät! Majestät, was ist passiert?«

»Ich habe der silbernen Perle befohlen zu singen und die schwarze Perle hat darauf geantwortet!«, kreischte Taran. »Sie ist hier … ganz in der Nähe!« Ihre Augen blitzten und ihre Stimme überschlug sich fast vor Aufregung. »Wir müssen sie finden, Tullor! Wir müssen sie finden, *sofort*!«

Sie griff nach dem Diadem, strich über die silberne Perle und deutete dann auf den Teich. Wieder begann das Wasser zu brodeln und zu schäumen, als sich das silberne Tor öffnete. Taran sprang von ihrer Felsencouch ins Wasser und holte mit ihrer Schwanzflosse Schwung. »Folge mir!«, befahl sie Tullor. *»Schnell!«*

Sie und Tullor tauchten unter, und wenige Augenblicke später wies in der Grotte nichts mehr darauf hin, dass sie jemals hier gewesen waren.

»Jack, die Kinder!«, schrie Morvyr. »Falls Taran heraufkommt … Kes kann fliehen, aber Lizzy –«

»Ich kümmere mich um sie! Schnell, schwimm weg! Am besten in Küstennähe; Taran wird es nicht wagen, euch dorthin zu folgen! Ich nehme Lizzy mit zurück und Kes soll sich nachher im Hafen mit uns treffen! Schnell, sofort!«

Hektisch warf Jack den Außenbordmotor des Bootes an. Dieser hustete, stotterte, erstarb wieder; verzweifelt zog Jack wieder an der Leine, musste es sogar noch ein drittes Mal probieren, bis der Motor endlich mit einem abgehackten Heulen ansprang. Kes schwamm blitzschnell zu Morvyr. Als er sie erreicht hatte, waren die Delfine zur Stelle. Schützend bildeten sie einen Kreis um die beiden, wie Wächter, und die kleine Gruppe schwamm eilends in Richtung Küste davon. Lizzy fand sich plötzlich allein im Wasser wieder, auf der Stelle tretend, und hatte noch gar nicht richtig begriffen, was vor sich ging.

»Lizzy!«, brüllte Jack. Sie konnte nicht hören, was er rief, doch an seiner hektischen Art sah sie, dass etwas passiert sein musste. Das Boot wendete und fuhr mit voller Kraft auf sie zu, sie schwamm ihm entgegen. Aber sie war erschöpft; das Schwimmen kostete sie viel Kraft, doch zum Glück kam das Boot näher …

Urplötzlich geriet das Wasser hinter Jack in Bewegung, schwappte und blubberte, weißer Schaum bildete sich. Lizzy sah es, rief ihm eine Warnung zu und streckte einen Arm aus. Und genau in dem Moment, als Jack den Kopf drehte, um zu sehen, was los war, teilte sich das Wasser und Tullor schoss hervor. Er bäumte sich so weit auf, dass sein Kopf mindestens drei Meter über der Oberfläche war, sein langer Leib krümmte sich wie der einer Schlange. Seine erbarmungslosen Augen suchten das Meer ab – und blieben an dem Schlauchboot hängen.

Ein wildes Zischen kam aus Tullors Kehle, als er Jack erkannte. Er warf sich auf das Boot und Jack gab Vollgas. Die Nase des Bootes hob sich aus dem Wasser und das kleine Boot hüpfte wie wild geworden über das schäumende, brausende Wasser.

»Lizzy! Lizzy, komm!« Jack war innerhalb weniger Sekunden bei ihr angekommen, musste nun aber abbremsen. Er fuhr einen Halbkreis und streckte einen Arm aus. Lizzy machte einen verzweifelten

Satz, ihre Finger krallten sich um seine Hand; Jack zog sie aus dem Wasser und hievte sie über die Gummiseite des Bootes.

»Kauere dich auf den Boden und halte dich fest!«, schrie Jack, ehe er erneut Vollgas gab. Lizzy fiel bäuchlings ins Boot und klammerte sich an die Bootsleine, während das Boot pfeilschnell über das Wasser raste. Sie hielten Kurs auf die *Regard*, doch Tullor war ihnen auf den Fersen und holte gefährlich schnell auf. Lizzy hob den Kopf und wagte einen kurzen Blick nach hinten. Als sie sah, wie nah der riesige dunkle Schatten schon war, riss sie entsetzt die Augen auf. Doch dann fiel ein noch größerer Schatten auf das Schlauchboot – sie hörte das dumpfe Tuckern des Motors der *Regard* und wurde fast aus dem Schlauchboot geworfen, das im Kielwasser des Trawlers hochgeschleudert wurde. Sie rasten um das Heck auf die Steuerbordseite, und Jack lenkte das Schlauchboot auf die Strickleiter zu, die von der Reling herunterhing.

»Klettere hoch, Lizzy!« Das Schlauchboot stieß an den Rumpf der *Regard*, als Jack Gas wegnahm, um ihr Tempo dem des Trawlers anzupassen. Lizzy griff nach der kurzen Strickleiter, Jack hob sie ein

Stück hoch und sie kletterte wie eine Akrobatin wieselflink daran hinauf und fiel keuchend auf das Deck des Trawlers. Als sie außer Atem den Kopf hob, sah sie … Paul vor sich.

Nachdem Paul die Bilgenpumpe unter Deck wieder instand gesetzt hatte, war er in die Kombüse gegangen, um sich einen Tee zu holen. Er kam gerade mit zwei dampfenden Teebechern aufs Deck zurück, als Tullor aufgetaucht war. Beim Anblick des riesigen Monsters hatte Paul Mund und Augen aufgerissen – und nun lag Lizzy plötzlich bäuchlings vor ihm auf dem Deck, pitschnass und in ihrem Neoprenanzug.

Paul und Lizzy starrten sich an. Paul bewegte die Lippen, brachte aber keinen Ton heraus, und Lizzy wusste nicht, was sie tun oder sagen sollte. Zum Glück kam Jack ihr zu Hilfe.

»Paul!«, schrie er von unten. »Nimm die Leine und binde das Schlauchboot fest! *Schnell!*«

Paul war Seemann genug, um automatisch zu reagieren, und als das Ende der Bootsleine auf ihn zusurrte, setzte er schnell die Teebecher ab und fing das Tau auf. Jack schaltete den Außenbordmotor ab und kletterte kurz nach Lizzy an der Strickleiter herauf. Paul staunte zwar weiter Bauklötze, doch noch bevor er irgendwelche Fragen stellen konnte, rief Mr Treleaven ihm vom Ruderhaus aus zu: »Schleppnetz auswerfen! Diesem *Snarlywig* werden wir es zeigen!«

Jack rannte zu der Stelle, wo sämtliche Gerätschaften und auch das Schleppnetz aufbewahrt wurden, während Paul blitzschnell das Schlauchboot vertäute und Jack dann zu Hilfe eilte. Lizzy richtete sich langsam auf – und ihre Augen weiteten sich vor Schreck, als sie aufs Wasser blickte.

»Jack, schau!«

Tullor ragte noch immer meterweit aus dem Wasser, hielt sich jedoch in sicherem Abstand vom Fischkutter. Aber neben ihm war ein weiterer Kopf aufgetaucht.

»Es ist Taran!«, brüllte Lizzy. Auch Jack hatte die Königin der Meerjungfrauen bereits entdeckt – und sie ihn ebenfalls.

»Du!« Ihr wütender Schrei drang über das Wasser, ehe sie sich zu Tullor umdrehte. »Er hat die schwarze Perle! Greif ihn an! Ich muss ihn haben!«

Tullor stieß ein angstvolles Zischen aus. Fischerboote gehörten zu den wenigen Dingen, vor denen er einen Heidenrespekt hatte, und er wollte diesmal nicht gehorchen. Tarans Gesicht verzerrte sich vor Zorn, und ihre Stimme überschlug sich fast, als sie schrie: »Tu, was ich dir befohlen habe! HOL IHN MIR!«

Tullor zögerte zuerst, doch allem Anschein nach fürchtete er seine Königin noch mehr als die *Regard*, und er warf sich mit aller Kraft und in einem Wirbel von Wasser und Schaum auf den Trawler. Das langsame Tuckern des Bootsmotors wurde sofort schneller, der Fischkutter schoss davon, und als der Riesenaal einen Satz machte, um sich auf sie zu stürzen, rief Jack: »Jetzt, Paul!«

Hinter Lizzy war ein gewaltiges Rasseln und Klirren zu hören. Sie riss den Kopf herum und konnte gerade noch sehen, wie das Schleppnetz über das Heck flog. Das aufgewirbelte Kielwasser trug das Netz von der *Regard* weg, gerade als Tullor sie erreicht hatte – und Lizzy hörte sein rasendes Knurren, als er direkt in die Maschen donnerte und sich darin verfing. Der Riesenaal zuckte und zappelte wie wild, doch dadurch verfing er sich nur noch mehr in dem Netz.

»Wir haben ihn!« Jacks triumphierender Schrei

drang bis ins Ruderhaus. Paul starrte noch immer wie benommen auf den sich windenden Riesenaal, war aber geistesgegenwärtig genug, das Netz noch mehr auslaufen zu lassen.

»Gute Arbeit!«, rief Mr Treleaven mit einem breiten Grinsen. »Ihr könnt das Schleppnetz anhalten. Mal sehen, was wir heute sonst noch fangen können!«

Den hilflosen Tullor hinter sich herziehend, begann der Trawler zu wenden, und Taran sah, dass er direkt auf sie zuhielt. Sie klappte den Mund auf, begriff dann aber, dass der Trawler bei ihr sein würde, noch bevor sie ihre magischen Kräfte einsetzen konnte. Wenn sie nicht wie Tullor in dem Schleppnetz landen wollte, blieb ihr nur eins: Nach einem hasserfüllten Blick auf den Fischkutter tauchte sie ins Wasser ein und verschwand.

Die *Regard* fuhr mehrmals über die Stelle, wo bis eben noch Tarans Kopf zu sehen gewesen war, doch die Königin der Meerjungfrauen ließ sich nicht wieder blicken. Hinter dem Trawler zappelte Tullor nach wie vor hilflos im Schleppnetz und Lizzy richtete sich langsam ganz auf. Sie zitterte am ganzen Körper und bekam noch immer kaum

Luft. Alles war so *schnell* gegangen; sie konnte es nicht begreifen, konnte sich kaum vorstellen …

Ihr Kopf war auf einen Schlag wie leer gefegt, als sie sich langsam umdrehte und Rose erblickte.

Rose stand oben an der Treppe, die in die Kabine hinunterführte. Ihr Gesicht war kreideweiß – aber das lag nicht daran, dass sie noch seekrank gewesen wäre. Sie stand da wie vom Donner gerührt, mit offenem Mund und weit aufgerissenen Augen, und starrte Lizzy an, als wäre sie eine Außerirdische.

»Rose …« Aber eigentlich hatte Lizzy ihr nichts zu sagen. Sie wusste nicht, wie viel ihre Schwester gesehen hatte. Doch Roses schockiertes Gesicht sprach Bände.

Sie hatte alles gesehen!

11. Kapitel

Ein paar Augenblicke, die sich aber wie eine halbe Ewigkeit anfühlten, starrten sich Lizzy und Rose nur entgeistert an. Lizzy dachte: *Ich kann es nicht! Ich kann es ihr nicht erklären, nicht jetzt!*

»Lizzy …«, begann Rose leise und verlegen.

Lizzy drehte sich abrupt um und rannte auf wackeligen Knien zum Achterschiff. Sie hörte, dass Rose ihr etwas nachrief, achtete aber nicht darauf. Sie klammerte sich an die Reling und starrte auf den sich windenden und zappelnden Tullor hinunter. Der Fischkutter hatte das Tempo gedrosselt und Jack und Paul standen an der Winsch.

»Was um alles in der Welt ist das?«, rief Paul über den Lärm des Winschmotors hinweg. »Was ist los?«

»Keine Zeit für Erklärungen!«, rief Jack zurück. »Wir müssen dafür sorgen, dass uns das Ungeheuer nicht mehr entkommt!«

Sie holten das eine Ende des Netzes ein, das sich nun wie ein Sack um Tullor legte. Der Riesenaal war jetzt gefesselt und hilflos und Paul starrte staunend auf das gefangene Riesentier. »So etwas habe ich noch nie gesehen!«, sagte er verblüfft. »Und ich dachte, ich hätte ...«

Er verstummte, weil sein Vater in diesem Moment vom Ruderhaus herbeigeeilt kam. »Ich habe das Ruder auf Automatik gestellt«, sagte er. »Diesen Kerl muss ich mir unbedingt aus der Nähe ansehen ...« Er beugte sich über das Heck und stieß einen anerkennenden Pfiff aus. »Der ist ja *riesig*!«

»Ja, viel zu groß und gefährlich, um ihn an Bord zu hieven«, sagte Jack keuchend. »Wir werden ihn im Schlepptau in den Hafen bringen müssen.«

»Genau!«, sagte Mr Treleaven und nickte. »Haltet ihn schön achtern – sonst gerät er uns noch in die Schraube!« Er warf einen mitfühlenden Blick auf Lizzy. »Keine Angst, Kind«, sagte er. »Dieses Monster wird dir keine Probleme mehr machen. Ich weiß einen guten Platz für eine Kreatur wie ihn.« Er drehte den Kopf. »Paul!« Sein Sohn blickte auf und Mr Treleaven erklärte ihm: »Schalte dein Handy ein, sobald du Empfang hast, und ruf das Sealife-Center an. Sag ihnen, wir bringen den größten *Snarlywig* für sie mit, den sie je gesehen haben!«

»Gut …« Paul blinzelte und nickte, und Lizzy wiederholte fragend: *»Snarlywig?«*

»Ja, so nennen wir die Riesenaale hier in der Gegend. Passt zu ihm, stimmt's?« Er klopfte ihr auf die Schulter. »Du gehst besser nach unten und ziehst den Neoprenanzug aus. Du hast sicher trockene Kleidung dabei. Und trink etwas Heißes. Wir werden im Handumdrehen zu Hause sein.«

Lizzy drehte sich um und wollte gerade auf die Stufen zugehen, als sie sah, dass Rose noch immer reglos dort stand.

Jack sah Rose ebenfalls. »Ah …«, sagte er. »Sie hat alles gesehen, stimmt's?«

»Ja …« Lizzy blickte ihn ratlos an. »Was soll ich ihr sagen?«

Jack seufzte. »Hm, am besten die Wahrheit, Lizzy.« Er lächelte ihr aufmunternd zu. »Du hast doch gesagt, du würdest es ihr ohnehin gern erzählen.

Nun, ich denke, jetzt wird sie dir glauben, meinst du nicht auch?«

Lizzys Herz klopfte zum Zerspringen. Aber Jack hatte recht. Sie hatte Rose alles erzählen wollen. Und sie hatte ihrer Schwester versprochen, sie in das Geheimnis einzuweihen, sobald es möglich war.

Sie schluckte den dicken Kloß hinunter, der sie zu ersticken drohte, und ging dann langsam über das Deck auf die Stelle zu, wo ihre Schwester sie erwartete.

»Lizzy …« Roses Augen waren groß vor Staunen und Verwirrung. »Dieser Aal … und … und diese anderen Leute; sie sahen aus wie … wie … *Meerjungfrauen*!«

»Ja«, sagte Lizzy leise. »Das waren sie auch.«

Urplötzlich erwachte Rose aus ihrem tranceähnlichen Zustand. Sie packte Lizzy am Arm, so aufgeregt, dass sie ihn fast schüttelte, und rief: »Ich habe nicht geträumt, stimmt's? Ich habe sie *gesehen*! Und du warst auch im Meer; du warst bei ihnen! *Lizzy, sag mir endlich, was los ist!*«

Lizzy holte tief Luft. »Gut«, sagte sie dann. »Aber vielleicht ist es besser, wenn du dich setzt!«

Rose lehnte an der Reling und starrte auf das offene Meer hinaus, während die *Regard* in gleichmäßigem Tempo in Richtung Hafen tuckerte. Sie hatte seit mehreren Minuten schon nichts mehr gesagt, und Lizzy beobachtete sie beklommen und hoffte, dass Rose das Schweigen endlich brechen würde.

Doch erst nach einiger Zeit sagte Rose: »Ich würde dir kein Wort von dem glauben, was du mir gerade erzählt hast«, sagte sie erstaunlich gelassen. »Es klingt total verrückt und hirnverbrannt und eigentlich sollte ich es nicht glauben. Aber ich habe Kes gesehen … und Morvyr. Und ich habe auch diese andere Meerjungfrau gesehen, die angebliche Königin des Meervolks. Und du warst mit ihnen zusammen im Meer und Delfine waren auch dabei und …« Sie blinzelte und schüttelte dann energisch den Kopf, als wollte sie etwas abschütteln. »Da muss ich dir wohl glauben, oder?«

»Ich konnte es zuerst auch nicht glauben«, versicherte ihr Lizzy. »Ich dachte genau dasselbe wie du. Doch als Kes mir dann bewiesen hat, dass ich wie er unter Wasser atmen kann …«

»Das muss ein Wahnsinnsgefühl sein.« Rose rang sich ein zaghaftes Lächeln ab. »Und irgendwie beweist es auch … ich meine, es beweist, dass manche Märchen wahr sind, oder? Dass es Magie wirklich gibt. Es ist komisch, aber selbst in meinem Alter denkt man noch … hofft man, dass …«

In ihren Augen schimmerten Tränen und Lizzy kannte den Grund. Rose dachte an ihre eigenen Eltern, ihre *leiblichen* Eltern, die bei einem Verkehrsunfall ums Leben gekommen waren, als Rose noch sehr klein gewesen war, sodass sie sich nicht an sie erinnern konnte.

»Ich bin nicht neidisch«, fuhr Rose plötzlich fort. »Ehrlich, das bin ich nicht. Du hast deinen leiblichen Vater und deine leibliche Mutter gefunden und das ist *wunderbar*. Ich wünschte nur …« Sie stockte erneut.

»Ich wünschte, es könnte dir auch passieren«, sagte Lizzy leise. »Oh, Rose – es wäre herrlich, wenn es auch für dich auf irgendeine Weise wahr werden könnte!« Ohne lange zu überlegen, fiel sie ihrer großen Schwester um den Hals und drückte sie mit aller Kraft an sich.

»Hey, schon gut.« Verlegen löste sich Rose aus der Umklammerung und wischte sich unauffällig die Augen. Ihre Finger umklammerten die Reling, öffneten sich, schlossen sich wieder um die Reling, und als sie endlich den Mund aufmachte, klang ihre Stimme fast wieder normal.

»Ich würde sie echt gern treffen. Die Meerjungfrau. Deine … ähm …«

»Morvyr.« Lizzy schmunzelte. »Sie heißt Morvyr. Ich würde mich auch freuen, wenn ihr euch kennenlernen würdet, und sie sich bestimmt auch. Ich werde sie fragen.«

Rose nickte. »Ist sie irgendwie in Gefahr oder so? Ich meine, wenn die Königin so böse ist, könnte es ja eventuell sein, dass sie ihr und Kes etwas antun will.«

»Jack sagt, die Delfine passen gut auf sie auf«, erklärte ihr Lizzy. »Und sie wollen recht nah am Strand bleiben. Taran traut sich nicht in Küstennähe, aus Angst, die Menschen könnten sie sehen.«

»Das ginge mir ähnlich, wenn ich in ihrer Haut stecken würde.« Rose lachte leise. »Eine komische Vorstellung, oder? Ich meine, in der Haut einer Meerjungfrau zu stecken …«

Lizzy lächelte. »Und außerdem haben wir Tullor gefangen«, gab sie zu bedenken. »Er war der gemeinste und hinterhältigste von Tarans Dienern, und jetzt, wo er aus dem Weg ist, besteht keine so große Gefahr mehr.«

Rose blickte zum Achterdeck, zu dem Riesenaal, der hinter dem Kutter hergeschleppt wurde. »Was machen sie mit ihm?«, fragte sie.

»Mr Treleaven hat zu Paul gesagt, er solle im Sealife-Center anrufen. Ich denke, er wird dort in einem Aquarium untergebracht.«

»Klingt vernünftig. Vorausgesetzt, sie haben dort ein Aquarium, das groß genug ist.« Rose schien sich erholt zu haben, denn sie wirkte nicht mehr unsicher, sondern grinste wieder auf ihre übliche, leicht herrische Art. »Mensch«, sagte sie. »Da stecken wir mitten im coolsten Abenteuer, das man sich nur vorstellen kann, und stehen todernst hier herum! Geh und zieh dich um, dann stellen wir uns an den Bug und schauen, wer von uns als Erste Land erblickt!«

Als die *Regard* im Hafen einlief, stand bereits ein Empfangskomitee an ihrem Anlegeplatz. Das Sealife-Center an der nördlichen Küste hatte auf Pauls Anruf hin zwei Leute geschickt, und Paul hatte seine sämtlichen Freunde und Bekannten angerufen, die die Nachricht von dem erstaunlichen Fang in aller Eile verbreitet hatten. Die örtliche Küstenwache und mehrere Personen von der Rettungsmannschaft hatten sich ebenfalls eingefunden, zusammen mit einer kleinen Schar von Urlaubern, die herausfinden wollten, warum so eine Aufregung herrschte.

Tullor hatte es aufgegeben, sich aus dem Netz befreien zu wollen. Er lag nur reglos da und starrte hasserfüllt auf alle, die gekommen waren, um ihn anzuglotzen. Bei Lizzys Anblick öffnete er das Maul zu einem bedrohlichen Knurren und entblößte seine rasiermesserscharfen Zähne. Lizzy wandte schnell den Kopf ab.

Die Leute vom Sealife-Center, eine junge Frau und ein etwas älterer Mann, kamen an Bord des Trawlers, um zu beratschlagen, wie sie Tullor am besten aus dem Meer hieven könnten.

»Wir haben den Wassertank-Lkw hierher bestellt. Er müsste bald hier sein«, sagte die junge Frau. »Hoffentlich ist er groß genug! Einen Riesenaal *dieser* Größe habe ich noch nie gesehen – dieses Exemplar ist ein echtes Monster!«

»Ja, er wird unsere Hauptattraktion werden«, fügte der Mann hinzu. »Wenn es sich erst herumgesprochen hat, werden die Leute aus dem ganzen Land anreisen, um ihn zu sehen.«

»Aber er ist doch nicht mehr gefährlich, oder?«, fragte Lizzy besorgt. »Ich meine, er kann nicht ausbrechen oder so?«

»Mach dir keine Sorgen«, erklärte ihr die Frau unbekümmert. »Unsere Aquarien bestehen aus dickem Glas. Die halten alles aus.« Sie stützte die Fäuste auf die Hüften und schaute sich auf dem Deck um. »Gut, dann wollen wir mal loslegen! Aber zuerst müssen wir uns überlegen, wie wir ihn hochwinschen und in den Lastwagen bekommen!«

Bei so viel Betriebsamkeit zog sich Lizzy lieber zurück. Jack stand neben dem Ruderhaus und kam auf sie zu.

»Ich denke, alles Weitere können wir diesen Leuten überlassen. Kes ist übrigens schon da, er steht drüben bei der Rettungsstation.«

»Was?« Lizzy wirbelte herum und schaute angestrengt durch die Hafenanlage. Tatsächlich, dort hinten, auf dem niedrigen Mäuerchen, stand eine vertraute kleine Gestalt.

»Sie haben es geschafft!« Vor Erleichterung strahlte sie über das ganze Gesicht. »Bin ich froh!«

»Sollen wir uns hier wegschleichen und kurz zu ihm gehen?«, schlug Jack vor.

»Oh ja!« Da merkte Lizzy, dass Rose, die ein paar Meter weiter weg stand, zu ihnen herüberschaute. »Können wir ... ich meine, meinst du, Rose kann mitkommen?«, fragte sie zögernd.

Jack schmunzelte. »Aber klar, kein Problem. Schließlich gehört sie ja auch irgendwie zur Familie, stimmt's? Okay, fragen wir sie, ob sie mitkommen will.«

Rose war ungewöhnlich schweigsam, als sie zu dritt von Bord der *Regard* und zur Rettungsstation hinübergingen. Als Kes Rose sah, erschrak er, und deshalb lief Lizzy voraus, um als Erste bei ihm zu sein.

»Alles in Ordnung, Kes. Rose weiß Bescheid.«

»Sie weiß *alles*?« Kes erschrak.

»Ich musste es ihr sagen. Sie hat alle gesehen: Mutter, Taran ... alles! Aber keine Angst, ich weiß, dass wir ihr vertrauen können.« Sie zögerte und fügte dann hinzu: »Außerdem ist sie meine Schwester, wie du weißt.«

»Ja, schon, aber …« Plötzlich hellte sich seine Miene auf. »Dann ist sie ja irgendwie auch meine Schwester, oder?«

»Natürlich ist sie das!« Lizzy griff nach Kes' Hand und drehte sich strahlend zu Jack und Rose um. Jack strahlte ebenfalls über das ganze Gesicht, als er Kes in die Arme nahm und ein Stück hochhob. Dann fragte er: »Wie geht es deiner Mutter?«

»Sie ist in einer der ruhigen kleinen Buchten jenseits des Strandes. Arhans ist bei ihr«, sagte Kes. Er deutete zum Kai. »Was ist dort drüben los?«

Jack grinste. »Wir haben Tullor mitgebracht.«

»*Was?* Ihr konntet ihn *fangen*?«

»Oh ja!« Jack erzählte ihm alles mit wenigen Sätzen und Kes stieß einen erleichterten Seufzer aus. »Das ist ja wunderbar! Ohne ihn ist Taran nur halb so gefährlich. Er hat die ganze schmutzige Arbeit für sie gemacht.« Sein Gesichtsausdruck veränderte sich. »Vater, kannst du zu Mutter gehen? Sie will dich so schnell wie möglich sehen.«

»Natürlich! Ich leihe mir Jeff Treleavens Segelboot aus; er hat sicher nichts dagegen.«

»Kann ich mitkommen?«, fragte Lizzy und warf dann einen kurzen Seitenblick auf ihre Schwester.

»Und Rose … Sie würde Mutter so gern kennenlernen. Meinst du …«

»Nein!« Kes ließ sie nicht ausreden. Die anderen starrten ihn verblüfft an, und Jack begann zu erklären: »Kes, sie weiß inzwischen alles. Und Lizzy sagt, wir können ihr vertrauen.«

Kes errötete. »Das ist es nicht. Entschuldige, Rose. Das habe ich nicht gemeint … Aber ich finde, wir müssen zuerst Mutter fragen. Weißt du, Vater, da ist noch etwas – etwas, das sie während ihrer Gefangenschaft bei Taran erfahren hat.«

Jack legte die Stirn in Falten. »Stimmt, jetzt fällt es mir wieder ein. Draußen auf dem Meer wollte sie mir sagen, dass es noch einen weiteren wichtigen Grund gibt, warum Taran die schwarze Perle auf keinen Fall bekommen darf. Aber leider hatten wir nicht genügend Zeit …«

»Mir wollte sie es auch nicht verraten«, sagte Kes. »Sie hat gesagt, sie müsse unbedingt mit dir reden. Es gehe um etwas sehr, sehr Wichtiges – das unter allen Umständen geheim bleiben muss.«

»Schon gut«, sagte Rose. »Ich verstehe. Wenn ihr es mir später erzählen wollt, gern. Ich möchte mich nicht aufdrängen.«

Sie zuckte betont gleichgültig mit den Schultern, doch Lizzy spürte Roses Enttäuschung. Das war nicht weiter verwunderlich. So viele aufregende Dinge passierten und Rose nahm nicht richtig daran teil. Sie fühlte sich ausgeschlossen und vor den Kopf gestoßen, das konnte Lizzy gut verstehen.

Jack offenbar auch, doch Kes' Nachricht ging vor. »Hör mal, Rose«, sagte er, »ich denke, es ist besser, ich nehme heute nur Kes und Lizzy mit, wenn ich zu Morvyr segle. Macht es dir sehr viel aus?«

»Natürlich nicht«, erwiderte Rose betont heiter. »Und seid unbesorgt: Ich werde keiner Menschenseele auch nur ein Sterbenswörtchen verraten!«

»Danke, Rose.« Jack lächelte sie erfreut an und wandte sich dann an die Zwillinge. »Auf, ihr zwei, wir sollten los! Kes, du fährst besser auch im Boot mit, dann kannst du uns zeigen, wo diese kleine Bucht liegt.«

»Cool!«, sagte Kes und grinste. »Dieses Wort habe ich von Lizzy gelernt.«

Er und Jack gingen zum Jachthafen, wo Mr Treleavens Segelboot, die *Silvie*, vertäut war. Lizzy blieb noch kurz bei Rose stehen, und kaum waren sie allein, versprach sie ihr: »Wir werden dir alles erzählen, sobald es geht.« Dann fügte sie noch hinzu: »Schließlich bist du, wie Kes vorhin sagte, irgendwie auch seine Schwester.«

Rose riss die Augen auf. »Echt? Das hat er gesagt?« Ein Lächeln huschte über ihr bis eben noch angespanntes Gesicht. »Hm, so habe ich das bisher nicht gesehen, aber es stimmt …« Spielerisch boxte sie Lizzy gegen den Arm. »Lauf endlich los, sonst fahren sie noch ohne dich weg!«

Nach einem dankbaren Blick, der mehr besagte als hundert Worte, drehte sich Lizzy um und lief Kes und Jack nach.

12. Kapitel

Die *Silvie* flitzte mit gehisstem Großsegel und mithilfe des Windes durch die Bucht und fuhr dann an der Küste entlang auf die Stelle zu, wo Morvyr sie erwartete. Kes war völlig fasziniert. Er hatte noch nie in einem Boot gesessen und wollte ganz genau wissen, wie alles hieß. Als er eine Weile das Ruder übernehmen durfte, war er hin und weg und fragte Jack, ob er ihm das Segeln beibringen würde.

»Aber gern«, antwortete Jack zufrieden. »Lizzy lernt gerade, wie man unter Wasser lebt. Da ist es nur gerecht, dass du anfängst, mehr über das Leben an Land zu lernen.«

Lizzy schaute auf ihren Vater. »Du gehst doch nicht mehr weg, oder?«, fragte sie.

Er lächelte sie beruhigend an. »Nein, ich bin wieder zu Hause. Und ich will bleiben.«

Nach etwas über einer halben Stunde erreichten sie die kleine Bucht. Es war ein schmaler, sandiger Meeresarm, gut versteckt zwischen den Klippen gelegen. Beim Näherkommen sah Lizzy etwas, das wie das Kielwasser eines Schnellboots aussah und ihnen entgegenflitzte. Es dauerte nicht lange, bis Arhans den Kopf direkt neben ihnen aus dem Wasser streckte und eine Begrüßung schnatterte.

»Arhans!« Lizzy lehnte sich aus dem Boot, um den Delfin zu streicheln. Nur wenige Meter hinter ihm streckte Morvyr plötzlich den Kopf aus dem Wasser.

»Jack! Oh, Jack!« Morvyr kam blitzschnell zu ihnen geschwommen und Jack half ihr ins Boot. Sie war außer Atem, und obwohl sie ihm voller Freude um den Hals fiel, war ihr anzumerken, dass sie besorgt war.

»Kes sagt, du hättest wichtige Neuigkeiten«, begann Jack, doch Kes war so aufgeregt, dass er ihn nicht ausreden ließ.

»Mutter, stell dir vor: Vater und Lizzy können dir auch etwas Wichtiges mitteilen! Sie haben

Tullor gefangen! Mr Treleaven hat ihn mit seinem Trawler in den Hafen geschleppt und dort wird er gerade in einen Wassertank verladen und fortgebracht!«

»Oh!« Morvyr strahlte. »Das ist ja großartig! Eine Gefahr weniger für das Meervolk! Aber Jack, was ich erfahren habe, ist sogar noch wichtiger.« Sie machte eine kurze Pause, um tief Luft zu holen. »Karwynna, Karas Tochter, ist noch am Leben!«

Ein ungläubiges Schweigen machte sich breit. Dann sagte Jack: »Bist du dir da wirklich ganz, ganz sicher?«

»Absolut! Als ich hinter dem Spiegel gefangen war, habe ich gehört, wie Taran mit Tullor darüber redete.« In aller Eile wiederholte sie, was Taran damals gesagt hatte, und schloss mit den Worten: »Deshalb habe ich mich so aufgeregt, als die Kinder Taran im Austausch gegen mich die silberne Perle gaben. Jetzt ist es noch wichtiger als vorher, dass sie auf keinen Fall die letzte Perle bekommt, denn dann wird sie Karwynna töten!« Sie wandte sich an Lizzy und Kes. »Karwynnas Leben ist sehr viel wichtiger als meines – oh Kinder, warum habe ich euch nur nicht gewarnt?«

»Das hätte nichts genützt«, sagte Kes grimmig. »Wir hätten Taran die Perle trotzdem gegeben, da es der einzige Weg war, um dich zu befreien. Stimmt's, Lizzy?«

»Ja!« Lizzy nickte. »Dein Leben ist uns wichtiger als alles andere!«

»Aber …«

»Morvyr, sei ihnen nicht böse«, sagte Jack beschwichtigend. »Für sie bist du sehr viel wichtiger als Karwynna.« Er lächelte. »Das sehe ich im Übrigen genauso.« Doch dann wurde sein Gesicht wieder ernst. »Aber es stimmt, jetzt ist es von größter Wichtigkeit, dass Taran die schwarze Perle unter keinen Umständen in die Finger bekommt. Sie weiß, dass ich wieder da bin, und ihr ist vermutlich auch klar, dass nur ich die schwarze Perle haben kann.« Er überlegte angestrengt. »Sie hat gesagt, sie würde Karwynna aus ihrem Gefängnis holen. Aber wo ist dieses Gefängnis? Wo könnte Taran sie eingesperrt haben?«

»Es gibt tausend mögliche Orte«, sagte Morvyr betrübt.

»Ich weiß. Wir brauchen einen Anhaltspunkt, bevor wir mit der Suche beginnen können.«

»Aber wir *werden* sie suchen, nicht wahr?«, fragte Morvyr. »Wenn wir sie finden und retten können, werden wir das ganze Meervolk auf unserer Seite haben. Und dann haben wir eine reelle Chance, Taran zu stürzen!«

Jack nickte. »Ja, wir werden sie suchen. Aber wir dürfen niemandem sagen, was wir inzwischen erfahren haben, denn sonst könnte Taran zu Ohren kommen, dass wir von Karwynna wissen. Es wird die ganze Sache etwas schwieriger machen, ich weiß, aber wir müssen es allein durchziehen.« Er blickte sich um. »In dieser kleinen Bucht dürftest du und Kes sicher sein. Deshalb bleibt am besten hier. Der Zugang ist sehr schmal, sodass die Delfine ihn gut überwachen können.« Arhans pfiff zustimmend, und Jack fuhr fort: »Taran könnte versuchen, dich noch einmal zu entführen, um mich zur Herausgabe der schwarzen Perle zu zwingen. Dasselbe gilt auch für Kes. Seid deshalb ab jetzt bitte sehr, *sehr* vorsichtig.«

Wieder stieß Arhans einen Pfiff aus und ließ ihre Schwanzspitze so heftig auf die Wasseroberfläche klatschen, dass sie alle nass gespritzt wurden. Kes lächelte Lizzy an, die irritiert dreinschaute. »Keine Angst. Arhans hat nur gesagt, dass sie und ihre Freunde uns Tag und Nacht bewachen werden. Du und Dad braucht euch also keine Sorgen um mich zu machen.«

»Und Taran hat heute ihren treuesten Diener verloren«, rief Jack ihnen in Erinnerung. »Das ist ein herber Verlust für sie. Sie wird sicher Pläne schmieden und Intrigen spinnen, aber ich denke nicht, dass sie vorläufig etwas unternehmen wird.«

»Also müssen wir warten, bis sie den ersten Zug macht?«, fragte Kes.

»Ja. Und das wird sie tun, da bin ich mir ganz sicher. Aber es kann noch etwas dauern. Und diese Zeit müssen wir nutzen, um nach Hinweisen auf Karwynnas Aufenthaltsort zu suchen.«

Morvyrs und Jacks Blicke trafen sich. »Denkst du, wir *können* sie finden?«

Er nahm ihre Hände und drückte sie. »Ja, das glaube ich. Und wenn du es ebenfalls ganz fest glaubst, dann *werden* wir sie finden!«

Mit Lizzy und Jack an Bord verließ die *Silvie* wenig später die kleine Bucht. Zwei der Delfine eskortierten sie, und Kes und Morvyr winkten ihnen nach, bis das Segelboot außer Sichtweite war.

Lizzy war den ganzen Rückweg über sehr still. Sie dachte angestrengt nach. Wo konnte Karwynna sein? Würden sie sie finden? Welche Gemeinheit würde sich Taran als Nächstes einfallen lassen? Lizzy hätte gern jede Menge Fragen gestellt, wusste aber, dass Jack die Antworten auch nicht kannte. Wie er bereits gesagt hatte, mussten sie einfach noch abwarten.

Sie fuhren an dem kleinen Leuchtturm vorbei und von dort aus war es nicht mehr weit bis zum Hafen. Jack richtete das Segel so aus, dass sie genau Kurs auf den Jachthafen nahmen, und als sie dort einliefen, sah Lizzy schon von Weitem, dass jemand auf den Pontons stand.

»Da ist Rose«, sagte sie. »Sie muss auf uns gewartet haben.« Verlegen blickte sie zu Jack. »Was soll ich ihr sagen?«

Jack überlegte kurz und lächelte dann. »Ich denke, du kannst ihr alles erzählen.«

»Wirklich?« Lizzys Augen strahlten.

»Ja. Wenn du sagst, dass du ihr vertrauen kannst, dann verlasse ich mich darauf. Sie ist schließlich deine Schwester.«

Lizzy strahlte noch mehr. »Danke! Nichts lieber als das! Sie hat sich wirklich spitze verhalten, und ich habe ihr versprochen, dass ich ihr alles erzähle, sobald ich kann.«

»Dann ist ja alles in Ordnung. Aber sag ihr bitte, dass es wirklich ein Geheimnis bleiben muss. Sie darf keinem etwas erzählen, auch Paul nicht.«

»Das wird sie nicht tun. Nicht, wenn sie mir versprechen muss, den Mund zu halten. Und wenn sie kann, wird sie uns helfen.«

»Gut. Schau, sie hat uns gesehen!«

Rose war ein Stück über die Pontonbrücke gegangen. Lizzy winkte ihr zu, und Rose hob unsicher eine Hand, um zurückzuwinken. Die *Silvie* glitt an ihren Liegeplatz, und als Jack das Boot am Anlegering festband, trat Rose zu ihnen. »Hallo«, sagte sie zögernd. »Ist alles … okay?«

»Ja, alles bestens«, erklärte Jack mit einem beruhigenden Lächeln und half Lizzy an Land. »Lizzy hat dir eine Menge zu erzählen.« Er zwinkerte seiner Tochter zu. »Los, mein Schatz, ihr beide könnt gehen. Ich mache nur noch schnell das Boot gut fest, dann gehe ich zu den Treleavens und sehe zu, dass ich mich von all den Aufregungen erhole.«

Die beiden Mädchen verabschiedeten sich von ihm und schlenderten davon. Als sie an der Rettungsstation waren, sagte Rose plötzlich: »Ich habe viel nachgedacht, als ich vorhin auf dich gewartet habe. Alles, was heute passiert ist ... Es ist so irre, dass ich es noch gar nicht richtig glauben kann.« Sie schaute Lizzy fragend an. »Aber es ist doch *wahr*, oder? Ich habe es nicht geträumt?«

»Nein, du hast es nicht geträumt.« Lizzy lachte verlegen. »Mir ging es am Anfang genauso. Aber es ist die reine Wahrheit. Alles. Und wie Jack gesagt hat, habe ich dir eine Menge zu erzählen.«

Rose blickte zu Jack zurück, der gerade das Segel der *Silvie* einrollte. »Er ist wirklich sehr nett«, sagte sie.

»Ich weiß.« Lizzy zögerte zuerst, gab sich dann aber einen Ruck. »Er ist mein leiblicher Vater und das ist ein tolles Gefühl. Aber das ändert absolut nichts an dem Verhältnis zwischen dir und mir, Rose. Schließlich haben wir beide ja auch einen gemeinsamen Vater. Und auch eine Mutter. Sie sind meine Eltern, so sehr wie Jack und Morvyr. Wir sind alle eine Familie.«

Rose starrte einen Moment lang auf den Boden, ehe sie den Kopf hob. Ihre Augen glitzerten verräterisch und ihr Make-up war leicht verschmiert. »Stimmt«, sagte sie und musste plötzlich grinsen. »Und jetzt, meine kleine Schwester, erzähl mir auch den Rest! Los, ich will ganz genau wissen, was passiert ist. *Alles!*« Sie hakte sich bei Lizzy unter. »Im Ernst, ist alles in Ordnung? Ist alles überstanden?«

»Überstanden?« Lizzy hätte am liebsten laut gelacht. Aber sie wusste, dass es nur eine Folge ihrer nervlichen Anspannung gewesen wäre, und unterdrückte das Lachen. Sie erwiderte Roses Lächeln. »Von wegen«, sagte sie. »Ehrlich gesagt … fängt es wahrscheinlich jetzt erst richtig an!«

Epilog

Tullor lag in einer Spalte des künstlichen Felsens und glotzte voller Abscheu auf die menschlichen Gesichter vor seinem Wassertank im Sealife-Center. Tag für Tag und Stunde um Stunde standen ganze Scharen davor, um ihn mit vor Staunen weit aufgerissenen Augen anzugaffen, auf ihn zu zeigen und sich das Maul über ihn zu zerreißen. Wie er sie alle hasste! Am liebsten hätte er sich auf sie gestürzt, sie gebissen und mit seinen spitzen Zähnen zerfleischt!

Doch die Glaswände seines Tanks waren leider zu dick, und als er versucht hatte, sie zu zertrümmern, hatte er sich nur wehgetan. So blieb ihm nichts anders übrig, als sich in diese elende Spalte hier zu verkriechen, wo er entweder dumpf vor sich hin brütete oder vor Wut kochte.

Endlich war auch dieser lange Tag vorbei. Die letzten menschlichen Glotzer schlurften davon, die Lichter wurden gelöscht, und er hatte endlich seine Ruhe. Er war ganz allein in seinem Aquarium, es gab keine weiteren Fische, denn er hätte alles, was kleiner war als er, umgehend gefangen und aufgefressen. Doch das Alleinsein machte Tullor nichts aus. Er hatte sehnsüchtig darauf gewartet, dass es endlich ruhig und dunkel war. Denn er hatte zu tun!

Er bündelte all seine Gedanken und konzentrierte sich angestrengt, wobei seine Wut ihm eine Extraportion Energie verlieh.

Majestät … ich bin's, Tullor … Hier spricht Tullor … Er sandte den stummen Ruf in seinem Kopf in die Welt hinaus und wartete in der Stille auf ein Echo. Ob die Königin ihn wohl hörte? Würde sie ihm antworten?

Vielleicht war sie wütend auf ihn, weil er versagt und sie im Stich gelassen hatte. Aber andererseits hatte sie ihm ja befohlen, den Fischkutter anzugreifen, und nur deshalb war er in dem Schleppnetz gelandet. Sie würde ihm bestimmt antworten, sofern es ihr möglich war!

Majestät … ich brauche Eure Hilfe, Majestät … Ich bin's, Euer treuer Diener. Wenn Ihr mir hier heraushelft, kann ich Euch wieder von Nutzen sein. Hier spricht Tullor, Majestät … Tullor … Tullor …

Auf einmal spürte er ganz schwach, dass sich in den Tiefen seines Kopfes etwas rührte. Es schien von sehr weit her zu kommen, war aber ein Laut, ein Flüstern, ähnlich einer entfernten, traumähnlichen Stimme.

Tullor spannte seinen langen Schlangenleib an und seine Augen begannen zu glühen. Dann öffnete er sein Maul und stieß ein triumphierendes Zischen aus.

Ich bin Euer Diener, Majestät! Befehlt mir etwas und ich werde gehorchen!

Das Flüstern wurde etwas lauter und klarer, und Tullor konzentrierte sich mit aller Macht, um etwas zu hören und zu verstehen. Das Geräusch in seinem Kopf summte noch eine geraume Zeit weiter, ehe es schließlich verebbte. Und als es schließlich ganz verstummt war, lag Tullor im Dunkeln und starrte auf die Welt dort draußen. Sie war im Moment unerreichbar für ihn, doch das spielte keine Rolle. Denn *sie* hatte ihn gehört und *sie* hatte ihm einen Auftrag gegeben. Er musste nur noch etwas Geduld haben.

ENDE

Bei Emma geht's drunter und drüber!

Maja von Vogel
Alle lieben Emma
ISBN 978-3-7817-2224-8

Maja von Vogel
Emma traut sich was
ISBN 978-3-7817-2226-2

Maja von Vogel
Für alle Fälle Emma
ISBN 978-3-7817-2227-9

Emma kommt einfach nicht zur Ruhe, seit eine Freundin ihrer Mutter – samt Tochter Mona – bei ihnen eingezogen ist. Dabei möchte Emma am liebsten nur von Bastian träumen! Aber mit dem gibt's auch bald Zoff – und das ist noch nicht alles. Vielleicht ist Monas Rat, bei allen Problemen die Sterne zu befragen, gar nicht so schlecht? Fortsetzung folgt ...

KLOPP

Auch auf CD bei Oetinger audio. Weitere Informationen unter:
www.klopp-buecher.de und ***www.oetinger-audio.de***

Bandenspaß –
Wir sind die Klapperschlangen!

Angie Westhoff
Die Klapperschlangen
Rache rot wie Erdbeermarmelade
ISBN 978-3-7817-2324-5

Angie Westhoff
Die Klapperschlangen
Jungs sind wie Fliegenpilze
ISBN 978-3-7817-2325-2

Angie Westhoff
Die Klapperschlangen
Klassenfahrt und rosarote Katastrophen
ISBN 978-3-7817-2334-4

Gleich an ihrem ersten Schultag verdirbt es sich Jacky mit Sven, dem Anführer der Jungenbande „Die Rote Sieben“. Wie gut, dass sie sich mit Kalliope, Nixe, Sarah und Pauline anfreundet. Die fünf gründen ihre eigene Bande, die „Klapperschlangen“, und machen von nun an den Jungs das Leben zur Hölle. Fortsetzung folgt ...

KLOPP

Weitere Informationen unter: ***www.klopp-buecher.de***